U0554353

두근두근 내 인생

金爱烂
作品集

我的忐忑人生

[韩] 金爱烂 著

徐丽红 译

人民文学出版社

著作权合同登记号 图字 01-2021-2664

图书在版编目 (CIP) 数据

我的忐忑人生 / (韩) 金爱烂著；徐丽红译 . —北京：人民文学出版社，2022（2024.12 重印）
（金爱烂作品集）
ISBN 978-7-02-017374-7

I.①我… II.①金…②徐… III.①长篇小说—韩国—现代 IV.① I312.645

中国版本图书馆 CIP 数据核字（2022）第 143062 号

责任编辑	**张海香**
装帧设计	**李思安**
责任印制	**王重艺**

出版发行	**人民文学出版社**
社　　址	**北京市朝内大街 166 号**
邮政编码	100705

印　　刷	**河北新华第一印刷有限责任公司**
经　　销	**全国新华书店等**

字　　数	199 千字
开　　本	**880 毫米 ×1230 毫米　1/32**
印　　张	**11.5　插页 3**
印　　数	**14001—17000**
版　　次	**2022 年 10 月北京第 1 版**
印　　次	**2024 年 12 月第 5 次印刷**

书　　号	978-7-02-017374-7
定　　价	**58.00 元**

如有印装质量问题，请与本社图书销售中心调换。电话：010-65233595

目录

照我思索，可理解我，可认识人（译本序）

徐则臣

小说读完，等了一个月，期待某个宏大的命题自然地浮出水面。没等到，社会历史批评的那一套在《我的忐忑人生》中不管用。金爱烂不使用春秋笔法，无历史影射，也没打算跟辽阔的社会现实产生某种可资狐假虎威的张力；小说的所有意蕴和力量都来自故事内部，它靠自己说话。也就是说，金爱烂不为社会而艺术，也不为艺术本身而艺术，如题所示，她开门见山要为人生而艺术：为人，为生，为人生。

确认这一点我反倒放心了，谈人总比谈历史和现实心里有底，尽管中韩两国一衣带水、风月同天，但毕竟山川异域，现实和历史岂是他人所能轻易看穿。这也符合我对当下韩国文学有限的认知。就我熟悉和喜欢的韩国作家，他们多是金爱烂父兄辈，的确也如这般正视自我与日常生活，决意拿文学对人生做正面的强攻。

　　这是一部专注于人的小说。故事要讲的，在简短的引子中已经表达得相当充分："这是最年轻的父母和最衰老的孩子之间的故事。"如果再详细一点，依然可以援引其中："爸爸妈妈十七岁那年生下了我。／今年我也十七岁了。／我能活到十八岁还是十九岁不得而知。／那不是我们能决定的事。／我们能确定的就是时间不多了。"这是年轻到不可思议的父母生下的匪夷所思地迅速衰老的孩子的自语。因为疾病，他的成长产生了可怕的加速度，"别人的一个小时是我的一天，／别人的一个月就是我的一年"，所以，"爸爸从我脸上看到自己八十岁的面容。／我从爸爸脸上看到自己三十四岁的脸"。这对可怜的父子，当然还有母亲，他们的人生怎么看都像在相互打对折。如果我们不习惯"十七岁的年纪做了父母"，那么我们更不会接受"三十四岁的年纪失去孩子"。但是，小说中的现实就是如此，该成熟的父母依然年轻，该年轻的孩子已然衰老，老到了可以成为父母的爸爸，老到了要先于他们早早地离开这个世界。

　　这就是奇怪地早熟也早衰的孩子阿美讲述的故事，他的饱受病痛之苦、加速奔赴死亡的"忐忑人生"。他对病痛、生命和亲情的体认，如此悲苦和深入人心，让我在阅读中时常想起作家周国平的《妞妞——一个父亲的札记》，和史铁生的《病隙碎笔》。后者以断章的形式记录了对疾病、生命和精神乃至信仰的形而上思考；前者则是一个父亲对出生不久就夭亡的孩子的泣血追忆与反思，与《我的忐忑人生》正好相反。

小说另有一层意指，还如引子中所言："爸爸问：／如果重新来过，你想当什么？／我大声回答：／爸爸，我想当爸爸。／爸爸问：／更好的还有那么多，为什么当我？／我羞涩地小声回答：／爸爸，我要当爸爸，重新生下我，／因为我想知道爸爸的心。"这当然可以看作是"孩子言",但又分明深藏辩证的玄机，如佛家的空即是色、色即是空，我即我亦非我，子非父亦是父。为了能够体认最真实最深刻的父子之情、父子之心，或许存在这样一种路径，那就是在源头上重新相遇。小说中也确实为重逢做好了铺垫，阿美生命即将走到尽头，母亲又怀了孩子，阿美摸了母亲挺起的肚子，说：

"对了，妈妈，等到这个孩子出生了，请你跟他说，哥哥的手曾经抚摸过他的头。"

从生理和现实的角度，正在孕育的孩子当是阿美的弟弟或者妹妹，但从轮回或隐喻的层面，又何尝不是阿美的再生。他迅速奔赴的生命尽头，谁能说就不是一个全新生命的开始？也许，他的确不是去赴死，而是要再生。从这个意义上说，阿美一家是同体的。尽管只有他人生命历程的一部分，但三口人（还应该加上正在孕育的孩子，是四口之家）接续在一起，却完整甚至还部分重复地走完了别人漫长的一生。阿美生就的迅速衰老，都没来得及体验自己的年轻时光，直接到达了人生后半段，直抵"八十岁的面容"和衰弱；一个人的青少年时代，由他年轻的父母来完成。小说结尾，附上了阿美半虚构半纪实的父母相爱的故事，《那个忐忑夏天》，在他们十七岁的夏天里，少年父亲和少女母亲在"祖宗树"下接吻、做爱，蓬勃的生命力让他们渴望做、需要做、不能不做、一做再做，毫无疑问，他们就是在古老的祖宗之树的见证下，创造了一个新生命。

阿美从"八十岁"重返人生之初。这是逆生长，或者反生长。英国作家马丁·阿米斯有一部长篇小说《时间箭》，哥伦比亚的加西亚·马尔克斯也有一篇题为《回到种子里去》的文章，都讲了类似故事：人生倒着过，会如何？我也曾写过一篇短篇小说《时间简史》，让人物从死亡的那一瞬间开始沿人生溯流而上，直至回到母体，回到祖宗树下阿美父母式的那美妙忘情的瞬间。所以《我的忐忑人生》也是一个回到本源、"回归种子"的过程，阿美通过这样一种方式，重新进入了父母生命与爱情的历程。

我愿意在这个意义上理解阿美。如果人生倒着过，从八十、百岁往回走，人生必会是另一番样子。是否能过得更好，说不好，但肯定更清明、笃定，更脚踏实地不那么离谱。阿美所患的奇怪病症，固然外在地表现为容貌的衰老、器官的衰竭、精气神的不济，内在的，更在与肉身衰老对应的心态的演进。这才是阿美与众不同的决定性因素：他不仅是一个衰老的孩子，还是一个衰老的老人。所以，当他倒退着浓缩地预演了自己的一生时，尽管速度快不由人，阿美还是真切感受和展示出了人生老迈的心境。由此，儿子才能比老子更像老子；由此，与他惺惺相惜的玩伴才可能是张爷爷："我的生活只剩下失去了。"

当然，阿美并非单行道一般不扭头地直入老境，他一度认为："我们处在坚信自己永远不死的年纪。"在阿美短暂的一生中，这段经历怎么强调都不过分，他"恋爱"了。在合适的年龄终于做了一件合适的事，体验了青春偶一绽放的美好。我十分不愿意用上"回光返照"这个词，但在阿美的一生中，这次"虚拟的""伪爱情"确切是一次生命的回光返照。它痛彻心扉地证明，阿美和每一个十七岁的少年一样，是如此留恋青春和生命。

也正因为有此残酷的回光返照，愈加佐证了阿美之"老"。老得隐忍、宽容和慈祥，老得善解人意、有了平常心。

十七岁，差不多还是少年喧嚣叛逆的年龄，在阿美，却是浮华散尽火气全消。他的安静不是一群哭闹的孩子中独一个不吭声的懂事的安静，而是根本就弃绝了哭闹的愿望。"曾经沧海"，他早早地站在了生命的高处。李书河的那些准情书也曾唤醒过少年心性，"摇荡我心旌"，但发现"女朋友"只是一个男性剧作家在冒充，遭遇了"出卖"和"戏耍"，阿美依然原谅了他。甚至不仅原谅，还顺致了感谢："谢谢你出现在我能看见的地方。"他对所有参与他生命进程的人都心怀感念，这也远远超越了一个十七岁少年可能有的心灵境界。

在这样一个年纪，怕再难有人像阿美那样体贴和理解父母了，为了宽慰他们，他"想成为全世界最搞笑的孩子"。弥留之际，飞翔的句子替他为父母歌唱："爸爸，下辈子我做你的爸爸。妈妈，下辈子你做我的女儿。我要挽回你们为我失去的青春。"如此平和坦然地赴死，而爱沉实饱满。

在这样一个年纪，怕也再难有人像阿美那样，能和张爷爷建立起"称兄道弟"的友情，一起分享人生最基本、最朴素也最紧要的经验了。张爷爷最后去医院探望阿美那一节极为动人。貌似老顽童看望忘年之交，实则是两个心境同样沧桑的老人互致慰问，相互成全人生的圆满。草绳百庹用处多，人生百庹奈若何；因为懂得，所以慈悲。谈话"舒服而无聊"，唯有旗鼓相当的对话才有如此效果，"无拘无束，什么话都能说，让你高兴得想要流泪"。

有一段对话意味深长，这可能也是他人眼中的疯子却能与阿美成为好朋友的重要原因：

阿美："我觉得爷爷是个很聪明的人，难道您不想做个更稳重的儿子吗？"

张爷爷："不太想。"

阿美："为什么？"

张爷爷："因为爸爸喜欢我这样。"

这个张爷爷，确如阿美所说，是个智者，大智若愚、若疯、若傻。也只有张爷爷才可能与此时的"老阿美"对话，他们有相匹配的老、天真、纯粹与平常心。而天真、纯粹、平常心，往往是老至极处的必然境界。再往前走，便是新的生命轮回，重归婴儿，进入生命之初。张爷爷还给阿美带来了盒装烧酒，他在盒子里插了吸管，颤抖地递给阿美。他的抖，固然可能因为紧张和寒冷，更可能源于它作为仪式的重大切要。他把它看作是阿美的成人礼，也当成补足阿美人生缺憾的必要行动。此时的烧酒，是忘年又"同年"的两个人面对艰难浩荡的人生的接头暗号，"我们并肩坐在椅子上，顶着凛冽的寒风，我感觉我们正在凝望相同的方向"。

在这部小说里，我当然看到了病痛，看到了对生命的珍重与思考。但要用一个字来概括，我想说我看见了"人"。这看上去是句废话，文学的终极目标不就是人吗？没错，但《我的忐忑人生》做得更充分。跟着阿美的叙述，我们看清了阿美，也看清了阿美的父母，看清了张爷爷、胜灿和秀美他们。看清楚了一个个人，所有与人相关的问题才有所附丽，也才有意义。

沈从文先生《抽象的抒情》中写道："照我思索，可理解我，照我思索，可认识人。"这句话后来也成为沈先生的墓志铭。我以为拿来作为对这部小说的理解，也算切题，"照我思索，可理解我，可认识人"，这个"我"，是小说人物阿美，也是小说作者金爱烂。

2022 年 5 月 29 日于远大园

引

子

爸爸和妈妈十七岁那年生下了我。

今年我也十七岁了。

我能活到十八岁还是十九岁不得而知。

那不是我们决定的事。

我们能确定的就是时间不多了。

孩子们呼啦啦长大。

我也在呼啦啦老去。

别人的一个小时是我的一天，

别人的一个月就是我的一年。

现在，我比爸爸还要衰老了。

爸爸从我脸上看到自己八十岁的面容。

我从爸爸脸上看到自己三十四岁的脸。

未来没来，却与不曾经历的过往对视，

并且相互问讯：

十七岁的年纪适合做父母吗？

三十四岁的年纪适合失去孩子吗？

爸爸问：

如果重新来过，你想当什么？

我大声回答：

爸爸，我想当爸爸。

爸爸问：

更好的还有那么多，为什么当我？

我羞涩地小声回答：

爸爸，我要当爸爸，重新生下我，

因为我想知道爸爸的心。

爸爸哭了。

这是最年轻的父母和最衰老的孩子之间的故事。

第一部

1

如果有风，我心里的单词卡就会轻轻翻动。那些词语犹如被海风吹干的鱼，缩小我身体的尺寸，却拓宽了外部的边界。我回想起小时候最早念过的事物的名字。这是雪。那是夜。那边是树。脚下是大地。您是您……我身边的全部事物都是先用声音熟悉，再用笔画拼写。现在，我偶尔还会为自己知道那些名字而惊讶。

小时候的我整天都在学话。妈妈，这是什么？那是什么？我嘀嘀咕咕，把周围弄得乱七八糟。那些名字明亮而轻盈，难以附着在事物表面。尽管昨天已经听说，前天也曾学过，然而我还是闻所未闻似的询问。当我举起手指向某个东西，家人的嘴里便会啪啪地跌落带着陌生声音的字眼。当我问询时，便有东西在移动，就像风吹铃响。"这是什么？"我喜欢这句话。我喜欢这句话超过了他们告诉我的事物的名字。

雨是雨。白天是白天。夏天是夏天……我在生活中学会了很多话，有的常用，有的不常用。有的扎根在大地，有的像植物种子轻飘飘地扩散而去。当我把夏天叫作夏天的时候，仿佛我真的拥有了夏天。因为相信是这样，所以我问得更经常。大地，树木，还有您……追逐我口中的风重叠、摇曳的这个，那个。当我发出"那个"的声音，"那个"荡起的同心圆的宽度，常常让我感觉到我的世界的辽阔。

现在，我几乎知道了生活所需的全部话语。重要的是这些话语能让我衡量出缩小自身体积制造的外部世界的宽度。当我说风，我会想到上千个风向，而不仅仅是四个方位。当我说背叛，我会沿着落日追逐拉长的十字架阴影。当我说您，我会分辨犹如大雪覆盖五彩蜡笔似的隐藏起深度的平坦。然而这也是世界上最困难的事情，因为风不停地吹拂，我从出生以来就没有年轻过，话语也是这样。

我和世界最早交流话语的地方是山高水清的乡村。我在那个水流蜿蜒回旋的地方学习自己的名字，学会了走路。从咿呀学语到说出简单的句子，我用了三年。那正好是爸爸妈妈栖居在外婆家的时间。村里人有什么需要，大部分都是自给自足。我接触最多的都是贴近生活

的鲜明的话语。我的堂哥每天看电视，有生以来会说的第一个词就是
"LG"……我说话很晚，很长时间里爸爸妈妈忧心如焚。妈妈担心我
是不是有什么问题，到处征询意见。爸爸却说小孩子不会说话的时候
最美好，默默地去了工地。据说要进驻附近的大湖观光园区正在建地
基，爸爸也去打工了。精明的外公在宅旁地边为那些外地涌来的民工
盖起了房子。水泥墙配上石板瓦的屋顶，有着浓郁的外国情调。一字
形的建筑很小，总共能住四家人。这里面就有我们家的房间。我们家
有三口人，十几岁稚气未脱的父母，带着刚刚出生的儿子。对三口之
家来说，那地方窄得可怜，厨房也不舒服，不过我们不用交房租，也
不用生活费，只能一声不吭地老老实实住下了。

　　外婆膝下有很多孩子，五个儿子，一个女儿，总共六个。我曾问
过妈妈："妈妈，外婆和外公关系都不好，怎么还生了那么多孩子啊？"
妈妈难为情地回答说："是吧？我也纳闷，还问过外婆呢。不过……
这就像大旱天里种豆子，稀稀拉拉总有孩子生出来。"妈妈在兄弟姐
妹当中排行老六，小时候的外号叫作"十八①公主"。她在粗话连篇的
男人中间长大，与姣好面容极不相称的是她动不动就说脏话。小小的

----

① 韩语中的"十八"发音与脏话相同。

黄毛丫头在村子里到处横冲直撞，顽皮地张口大骂，每当我想到这样的情景就感觉亲切和满足。尽管妈妈的性格至今依然强势，然而她的语气却蔫了，变得日益温顺起来，那好像是在她醒悟到这个世界上的事不可能通过"十八"来解决之后。也许是她过早地怀上孩子被迫退学的时候，也许是爸爸差点儿被五个舅舅打死的时候，也许是她在食堂里忍受比自己小的女孩子们挑刺和吵闹的时候，也许是紧盯着医药费清单抓耳挠腮也想不出办法的时候，应该就是类似的情况。

外公从开始就对这个女婿不满意。最大的理由就是这个"乳臭未干的小崽子"竟然造出了"乳臭未干"的"真崽子"。第二个理由是他没有当家长的生活能力，十七岁的学生嘛，当然没有赚钱的能力了。两个男人刚见面的时候，外公劈头盖脸地质问爸爸：

"那好，你会干什么？"

那时候，妈妈怀孕带给家里的哭泣和麻烦的暴风雨刚刚过去。爸爸屈膝跪地，不知所措地回答道：

"岳父大人，我会跆拳道。"

外公很不满地哼了一声。事实上，爸爸的确以跆拳道特级生的身份进了全道最大的体育高中，然而这样的才华对于生存来说全无益处。

爸爸哪里知道这些，面对外公的沉默，焦急地问道：

"我给您表演一下？"

爸爸紧握拳头，那场面谁看了都难免误解，还以为他要揍岳父呢。外公情不自禁地缩了缩身子，然后又镇静地说：

"你的拳头能当饭吃吗？"

"嗯，毕业之后能去小道场……"

爸爸明明知道没有重返学校的希望了，却还是这样回答。外公压根儿就不想听这种似是而非的回答，不过他怀着死马当活马医的心态继续问道：

"除了这个，你还会什么？"

爸爸的脑海里闪过好几个想法。

我会"巷战"……

话到嘴边爸爸又想，这么说岳父会不会给我个耳光。

我会顶撞老师……

这好像也不是岳父想要的答案。

那么……我到底会什么呢？

爸爸抱着脑袋，深感苦恼。结果，爸爸在仿佛要将他看穿的岳父面前这样说道：

"岳父大人，我不知道。"

他终于醒悟过来。

啊！原来我会放弃！

女婿撤退以后，外公哭笑不得地挖苦道：

"除了早早生孩子，这家伙什么也不会啊。"

上了年纪后，外婆也不怎么害怕外公了，这时低声嘟囔道：

"这也是本事呢。"

妈妈梳着苏子叶头①，冷冰冰地坐在那里，什么也不说。女儿的品行倒还在其次，最让外公失望的似乎是他女儿的眼光。外公凝视着远山，说：

"男人要是没钱，那也得有气势。这家伙简直是个笨蛋……"

外公确确实实看错了我爸爸。爸爸固然是笨蛋，不过他是鲁莽而又酷爱冒险的笨蛋。换句话说，爸爸是世界上最危险的笨蛋。因此，他在结婚那天揪着主婚人的衣领打架，为了找朋友玩耍而抛下像《鞍岘神话》②里的新娘一样的新婚妻子。他听信朋友的话，尝试过很多工作，全部宣告失败。当我拎着"我的家训"的作业回家的时候，他

---

① 二十世纪九十年代韩国女中学生间流行的发式，一般是把刘海梳向旁边，看起来像苏子叶。

② 《鞍岘神话》是韩国现代诗人徐廷柱的作品。

泰然自若地教导我说："朋友有信。"意思是说朋友之间要相互信任，他还把这句话装裱起来挂在家里。这是爸爸和朋友们去佛国寺玩的时候，托纪念品商店里写字的老人给做的相框。妈妈经常把相框里的四个字压缩到两个字，痛加嘲笑。别人看了也许会咂舌说，这个女人对老公太尖刻，但是作为把"父子有亲"理解成"必须和富人朋友亲密相处"的女人来说，这也是自然而然的态度。

外公让爸爸先完成学业。体育高中肯定是上不成了，他想让爸爸到附近找个不满员的高中，随便混张文凭。他说他会亲自去找校长。然而这地方很小，消息传得又快，哪儿都找不到能接纳爸爸的学校。他们说，如果接收了这样的学生，那么学校的纪律和品位都会受到影响。向来自诩为乡村绅士的外公甚感意外，自信心立刻就崩溃了。无奈之下，外公只好推着女婿去了建筑工地。男人必须上班。外公的意思是让爸爸借此机会肩负起家长的责任，从而感受到这个世界有多么艰险。与其说这是真诚的建议，倒不如说是外公为了用几个月的时间教训这个随便招惹自己女儿的家伙而做出的决定。外公也没有忘记教训女婿抽空准备资格考试，让他废寝忘食地学习。家境贫寒的爸爸遵照岳父的意思开始了上门女婿的生活。随着地方自治运动的高潮，郡里打出"乐玩之城——大湖"的口号，谋划将全域改造成游乐园。最重要的工程就是扩大水道，打造成游人能够乘船游玩的天然游乐园。长远来看，包括父母故乡在内的几个村庄都将消失。爸爸和隔壁的几个临时工去了工程现场。爸爸在工地被人叫作"韩姑爷"，既是嘲弄，也有怜爱的意思。这里的韩表示的是姓氏。村子里的长辈轻轻拍打爸爸的肩膀，安慰说："没事，没事，这儿只要娶了媳妇就是大人了。"然后又哧哧笑着说："老崔家白白捡了个姑爷。"起先爸爸对这份工作也很满意。大叔们风趣跳跃的话题让他感觉新鲜，还为妻子家撑了门面，青春期特有的奔涌的能量也慢慢沉静下来，这些都让爸爸感到高兴。以前参加革命运动，每天总是挨打，他想放弃，现在好了。走向粗犷的原野，跟大人们干同样的活儿，有时甚至想登上荒山，敞开胸膛，高声咆哮："这才是真正的世界！"然而仅仅过了三天，爸爸就切身体会到劳动有多么辛苦了，尤其为了养家糊口而打零工，实在是艰难而又繁重。

爸爸在镇上的咖啡馆里听说了妈妈怀孕的消息。这家咖啡馆在市郊汽车站附近，主要顾客是初高中生。妈妈曾在那里参加过几次相亲会。那里有个农业高等学校的暴走族，竟然骑着摩托车跑到女高，围着操场转了五圈，给妈妈带来了麻烦。那小子猛地竖起摩托车前轮，连喊三遍"美罗！我爱你！"然后便卷起滚滚烟尘，呼隆隆扬长而去。

于是，金美罗、朴美罗、崔美罗，全校的"美罗"都被叫进了教务室，依次接受盘问。相亲会的路线通常是从茶馆到练歌房。刚才在咖啡馆里还扭扭捏捏默不作声的男孩子们，一到练歌房就变得落落大方了。妈妈兴致勃勃地看着他们改头换面的样子。突然，农业、工业高中的学生们推开桌子，合着"徐太志"和"DEUX"的歌曲跳起了劲舞。"绝不让时间停止，YO！""为了得到你，我必须要勇敢。"类似的歌词在黑漆漆的练歌房里飘荡。女生们唱完甜美的二重唱前半部分，悄悄地把麦克风放在桌子上面。于是对女生心怀好感的男生迅速拿起麦克风，接唱后半部分。最让男生们陶醉的是妈妈的脸蛋，其次才是歌声。妈妈放下麦克风的瞬间，经常会有好几只手齐刷刷地伸了过来。即便是包括实业、人文在内的五个高中聚会的场合，也没有几个男人能够俘获妈妈的芳心。在妈妈看来，农业、工业高中的男生要比人文系统的男生更豁达，更会花钱。不过，人文系统的男生们都有着令人难以捉摸的自尊，这也是无可取代的魅力。妈妈遇见的第一个体高生还是爸爸。说来也是荒唐，他们见面既不是因为聚会，也不是因为相亲会。妈妈眼里的爸爸，怎么说呢，反正是两个学校的特征兼而有之。虽然是小小的才华，却有着得到过认可的自信，这种才华其实就是从事运动的人们特有的微妙的自卑和纯朴。

咖啡馆里相对寂静。妈妈和爸爸都穿着便服。爸爸不知道妈妈为什么从刚才就带着得意扬扬的表情。他的心里很焦虑，会不会又像上次那样分手呢。爸爸早就感觉咖啡馆里很不舒服了。女生们喜欢在咖啡馆之类的地方点上杯饮料，花上两个小时来分享，对此爸爸实在不能理解。他忍受着咖啡馆里的尴尬气氛，眼睛盯着妈妈。很久没有这样相对而坐了，崔美罗忽然变得成熟了。妈妈喝着柠檬汽水，每次往嘴唇上抿口水的时候，爸爸也跟着去舔干巴巴的嘴唇。过了一会儿，妈妈好像下定决心似的说道：

"大洙啊，你过来。"

"怎么了？"

"让你过来你就过来嘛。"

爸爸紧张地斜过上身。妈妈用手按着嘴唇，对着爸爸的耳朵窃窃私语。爸爸耳廓里的绒毛噌地竖立起来。爸爸没去注意妈妈的话，全部精力只集中于妈妈温柔的气息，情不自禁地笑了。然而没过多久，爸爸的脸色立刻变得苍白。

"为什么现在才说？"

咖啡馆里的人们齐刷刷地转头看着爸爸。

"哎哟，喊什么？我最讨厌动不动就大喊大叫的人了。"

妈妈大为光火，嗓门儿比爸爸还高。几个月前，爸爸在性格卡片上填写过"兴趣——妥协，特长——妥协"，后来又在教务室里受到严厉批评，这会儿连忙向女朋友道歉：

"哦，对不起。"

两颗十七岁的脑袋紧密相贴，认认真真地研究起了对策。然而对策根本就不存在。周围有几个青少年带着倨傲而满足的神情，不停地抽烟。爸爸摸索着插在冰激凌果冻上的小伞，耷拉着眼皮唠唠叨叨：

"美罗啊，我……"

爸爸没头没脑地说起自己是个多么糟糕的男人。一会儿说他绝对当不了好爸爸，一会儿又说他太穷了，一会儿说他害怕让别人失望，一会儿又说家里好像还有癌症病史，反正是毫无逻辑，毫无头绪。妈妈默默地倾听着爸爸说话，最后终于开口，温柔地说道：

"大洙啊。"

"嗯？"

"我听说有的虫子为了不让鸟吃掉而伪装成鸟屎。"

"怎么了？"

"太像你了。"

村庄忽然焕发出生机，好像注射了昂贵营养剂的病人。曾经安静得有点儿死气沉沉的乡村里，突然涌来了脱粒机、云梯车、混凝土车、大卡车，扬起尘土，马不停蹄地奔波。这个时候，妈妈的学校里每个班级都在流行学习用品套装。建筑公司向全校学生免费提供用轻便塑料袋包装的学习文具，圆珠笔、涂改液、五颜六色的便条，活动铅笔芯外面精巧地刻着 H 建筑公司的标识。好像以父母的故乡为中心，凡是观光园区能够影响到的学校都分发到了。村子里的大人们也拿到了洗涤剂和厨房用品。世界上没有免费的午餐，这次交易当然也有猫腻。

有一天，一个朋友走向妈妈，小心翼翼地问道：

"美罗，你是不是有事啊？"

这人是妈妈的闺蜜，名叫韩秀美。

"啊？怎么了？"

"没什么，你最近老是趴着，晚自习也没动静。"

她是班长，负责记录晚自习课上喧哗者的名单，这时脸上带着暧昧的微笑，不知道是好事还是坏事。

"啊？我，没什么呀。"

妈妈挪开了目光。韩秀美眼尖，亲切地歪过头来。

"行了，快招了吧！"

妈妈把手插在校服坎肩的口袋里，往后仰着上身。

"我怎么了？"

"你要是想隐瞒，那就别露出破绽。"

"我怎么了？"

"你怎么这样？平时我有什么烦恼可是都跟你说啊。"

妈妈嗤之以鼻。

"什么呀？以前总考第一名，现在考第三委屈了？这么大的秘密都告诉我，真是太感动了。"

韩秀美委屈地咬紧了下唇。

"喂，你知道第三名的孤独吗？"

妈妈以挖苦别人时特有的温柔语气说道：

"秀美啊。"

"嗯？"

"走开！"

话虽这样说，不过她们两个之间的关系不亚于爸爸所说的"朋友有信"。她们一起上小学，一起吃盒饭，甚至连聚会都形影不离。"初夜"之后，妈妈也想跟韩秀美吐露所有的秘密。无论怎样装得若无其事，然而一夜之间脚尖肿了几厘米还是让妈妈感觉很不现实。妈妈坐在教室最后排，习惯性地抖着腿，俯视全班同学。同学们都把头扎在桌子边上，啃着习题集。忽然间，一个诡异的句子闪过妈妈的脑海：

这些家伙会知道我跟男人睡觉的事吗？

犹如漂在水面的染料，罪孽感和优越感相互纠缠，硬生生地在妈妈心里制造出奇怪的波纹。感觉尽管失去了什么重要的东西，却依然得意扬扬。她甚至有种迷迷糊糊的感觉，仿佛整个教室里只有她活在另外的时间。几天之后，妈妈把韩秀美叫到了垃圾焚烧场前面。妈妈很想找个人痛痛快快地倾诉心事，跟秀美分享秘密应该是个好办法。妈妈好不容易说出爸爸的名字，韩秀美的眼泪突然间汹涌而出。"我刚刚看了成绩单""最近太累了""考了这么点儿分，我都不想活了"，听她说出这样的话，妈妈也只能闭上嘴巴。她很清楚韩秀美的苦恼有多么持久连贯，做出这种反应也是理所当然。从前几年开始，H建筑公司的人们从城里大举流入这个地方，教室里都发生了很大的变化。最明显的就是学生们的名次的变动。随着建筑公司干部、职员和子女们的进驻，村子里转来的学生也增加了。这里面有很多孩子从小就开始超前学习。平均分提高了，学校方面当然喜不自禁，然而从前的乡村第一名却在一夜之间沦为第三名，第十名也被排挤到了第十五名。当然了，乡下的倒数第一名还是倒数第一名，不过他们同样是心情不爽，毕竟45人中的倒数第一名和50人中的倒数第一名感觉还是有点儿区别。从来没有错过第一名位置的韩秀美自尊心蒙受了深深的伤害。

英才到了大城市之后遭遇的悲剧，在电视剧里经常可以看到。然而老老实实坐在乡下的秀才突逢剧变，这样的不幸难免令人委屈。因为他们并没有进城，反而是城市朝着他们渗透。面对着闺蜜的抑郁，妈妈也隐隐地感到心酸。尽管她嘴上不说，身边能有秀美这样的朋友还是很令人自豪的事情。第一名的宝座被抢走之后，韩秀美学习更加刻苦。然而分数提高了，名次还是原地踏步，这样奇怪的现象反反复复。多少次努力又失望，竭尽全力又心灰气馁。后来，两个人都升入了镇上绝无仅有的人文女子高中。女高开学典礼那天，学校里举行了全体状元的"学生宣言"。韩秀美夹杂在无数"普通"学生中间，低垂着头，用脚蹭着操场地面。因为这个不良姿势，秀美还挨了素不相识的老师的批评。据大人们说，外来学生做代表宣言，这是建校四十年来的第一次。

"美罗。"

"又怎么了？"

"你要是实在不想说的话……"

"嗯。"

"不说也行。"

"……"

"我告诉你个好办法，碰到烦恼的时候我经常用。"

妈妈阴险地说道：

"如果你像上次那样告诉我，不管什么事情只要竭尽全力就行，你就死定了，知道吗？"

"唉，我不会的。我很理解竭尽全力的含义。我就是被这个时代的竭尽全力摧毁的样品，嗯？"

妈妈的语气稍微温和下来，说道：

"你这不还是在说吗？"

韩秀美悄悄地示意某个射击部的朋友，说道：

"他说，香烟对身体好，所以他才吸的。"

妈妈眨着眼睛，情不自禁地点了点头。

"反正每次遇到难题的时候，我就把笔记本分成两栏，制作表格，然后分别记下那件事的好处和坏处。太神奇了，有时直接就看出答案来了。你要是郁闷，不妨也试试。"

爸爸大白天就四仰八叉地躺在地板上。天花板上铺着早已变色发黄的世界地图。爸爸刚读小学的时候，爷爷亲手贴了这张地图，意思是让爸爸胸怀大志。自从在咖啡馆见面之后，爸爸依然没给妈妈任何答复。既没有生下孩子的信心，也没有堕胎的勇气。爸爸无法确定该做出怎样的选择。将来自己的人生会是什么，肚子里的孩子又会面临什么命运，爸爸无力预测。不过，他也恍恍惚惚地感觉到了，将来需要自己背负的生活重担非常严峻。坦率地说，爸爸希望一切都由妈妈决定。那么，他只需回答"我也有这样的想法"，然后就可以将她拥入怀中，从此逃离也许会跟随他终生的指责。眼下的当务之急是钱。是放弃孩子也好，还是留下孩子也好，反正早晚都需要钱。可是钱这个东西，到底该去哪儿找呢？

送报纸？要不就去做炸酱面外卖员？

不管什么工作，除非先付定金，否则都要一个月后才能摸到工资。爸爸还没有摩托车驾照。眼下最现实的办法就是找人借钱，然而爸爸的朋友当中也没人拿得出那么多现金。班上虽然有个穿卡文克莱裤子的朋友，可那家伙又是学校里出了名的吝啬鬼。爸爸好郁闷。既是因为现在无处依靠的状况，也是后悔"当时没能忍着点儿"；既是因为迟早要传遍整个村庄的丑闻，也是怀疑自己到底算不算个"不错的男人"……爸爸呆呆地望着天花板，凝视着因为潮湿而变得皱巴巴的世界地图。五大洋、六大洲、六十亿……几条受惠于填鸭式教育的信息乱糟糟地闪过脑海。爸爸认真地思考着六十亿人口的起源，随后自然而然地联想到六十亿人口的约会、六十亿人口的性欲、六十亿人口的性生活。突然间，爸爸的下身完全不受意志的控制，竟然膨胀起来。

那东西慢慢膨胀，最后紧绷得几乎要撑裂裤子。这时候，爸爸很想哭。既是因为不分场合随意抬头的欲望，也是预感到自己这辈子都有可能沦为欲望的奴隶，还因为他确实也想到了，"这么复杂的情况下干干这事也不错。"

与此同时，妈妈趴在地板上，铺开了练习本。她用嘴叼着圆珠笔犹豫不决，终于下定决心似的在白纸中间画了条线。妈妈打算在左栏填写生产的坏处，右栏填写好处。首先从左栏开始填写。

1. 父母训斥。

2. 学校开除。

3. 受人指责。

4. 没钱。

5. 没有赚钱的能力。

6. 变胖变丑。

7. 怀孕过程中生病或死亡。

8. 几年当中什么也做不了，只能照顾孩子。

9. 不知道大洙的心。

10. 自己人生黯淡，大洙前途无望。

11. 不可能幸福。

12. 我变胖后大洙会出轨。

……

目录越来越长，逐渐走向否定和极端的方向。不知不觉间，妈妈的脑海里浮现出这样的情形：贫寒而荒凉的家庭、酒精中毒的丈夫、叛逆的孩子，还有哭到疲惫不堪的自己。如此看来，结论已经显而易见了。妈妈并没有立刻做出决断，而是沉着地继续填写右栏。任何事都有好有坏，"是的，这不是全部。"

1. ……

2. ……

妈妈不知所措了。不管怎么样，即使此时此刻，人们仍然在努力地"繁殖"，怎么会全无好处呢，这真让人始料不及。当然，妈妈也知道"生产的伟大"。无论是电视里的教育节目，还是道德课、性教育课，妈妈已经听过无数遍了，自然知道"生命宝贵""人应该对自己的行为负责"。妈妈没有切身的体会，什么也写不出来。这又不是给别人看，而是纯粹为自己做事，她想写下真心认可的话，自己了解的话，自己相信的话……别人说的话，别人要求自己相信的话无论怎样美丽又正确，终究与自己无关。面对着精心准备的笔记，妈妈竟然感到恐惧。因为1号或3号，也因为5号和12号……但是，恐惧的真正源头却在别处，尽管当时妈妈还不知道。那是对于某个存在的大爱的预感，那是匍匐于阴影之中的不安，更是不知是好是坏，无法确知应该填写到哪个栏目的惶惑。一不做二不休，妈妈连韩大洙的笔记也做出来了。这要比预想的快，内容如下：

优点：善良。

缺点：过分善良。

妈妈也不知道这两点究竟是好还是坏，她久久地审视着练习本上的空白。

爸爸和妈妈，究竟是谁的心情对我的出生更有影响，我不得而知。我能确信的是他们每个人都没起到决定性的作用。有时候，我们在生活中苦苦寻找的答案却在完全想象不到的地方显露出真容。也许，题目还会来自与标准答案毫不相干的方向。

几天后，两个人避开别人的视线，乘坐公共汽车故意去了很远的地方。走过从未到过的城市的街道，他们进了看起来比较雅致闲适的妇产科。

"小便有蛋白质啊？"

"嗯？"

"原来血压就高吗？"

"我爸爸有高血压，我自己就不清楚了。"

妈妈以前所未有的谦卑姿态倾听着医生的话。医生说，这样对待产妇，情况只会越来越糟，严重的话崔美罗女士的内脏可能受到永久的损伤，最坏的情况是胎儿和产妇都将面临生命危险。爸爸犹如五雷轰顶，哭丧着脸问道：

"医生，那我们应该怎么办呀？"

妈妈也紧咬着下唇，等待着医生的解释。医生冷漠地打量着这对狼狈不堪，似乎有点儿可疑，同时又显得焦虑不安的十几岁的小夫妻。医生好像很苦恼，然后用公事公办的语气含糊地说道：

"治疗办法倒是有……"

妈妈焦急地插嘴问道：

"那是什么？"

医生又扫了一眼两个未成年人的脸庞。

"请您告诉我们，好吗？"

爸爸也催促。

"我的意思是说，最好的治疗办法就是……"

妈妈和爸爸同时答道：

"是。"

"那么，现在能选择的办法就是……"

片刻之后，眼睛盯着图表的医生平静地说道：

"分娩。"

那之后妈妈的心情还是难以平复，一天数次游走于肯定和否定之间，实在是束手无策。时间还在流逝……我的身体在湿漉漉的黑暗空间里不停地生长。周围不间断地传来咚——咚——的响声。我的整个身体，而不是耳朵，都听见了这个声音。我就像藏在地堡里沉迷于解读摩尔斯密码的士兵，努力去弄清包围着我的"颤抖"的真相。暗号就像这样：

扑通……扑通……扑通……

咚咚——，或者说嗵嗵——也行。既像遥远的鼓声，又像巨大的脚步声，仿佛有个体格庞大的人正大步流星地朝我走来。每当这时，我都要做逃跑的准备，就像敏感于余震的驯鹿。然而在这同时，我在心里又渴望跳舞。妈妈的心跳和我的心跳相互交织，相互重叠，偶尔如音乐般回响。

咚嚓嚓……咚嚓嚓……咚咚嚓……咚嚓……

咚是妈妈的心跳，嚓是我的心跳。咚声强劲，嚓声柔弱。我吊在长长的脐带上凝神谛听那个声音。妈妈的心脏犹如胖嘟嘟的月亮挂在我的头顶，就像树木撒播绿色那样朝四面八方滴答滴答地传播比特。这既是信息量的基本单位比特（bit），也是歌手制作音乐时用的比特（beat）。这个比特（bit）和那个比特（beat）给我身体的每个角落送来重要信息，像广告似的到处飘散。"你想成为什么"，谁听了都不能不认为那是富有煽动性的旋律。接到命令的细胞们立刻投入行动。迎着天空倾泻而下的比特，器官们开始萌发，伸起了懒腰。肝在膨胀，肾在成熟，骨头在咯吱咯吱地生长。我呼啦啦就长大了。我经常在梦里遇见妈妈的梦，两个人语无伦次地对话。

妈妈……

嗯？

妈妈……

对啊。

我的心总在颤抖……心跳得好痛……好像要窒息，这样下去我会死吧……怎么也停不下来啊。

宝宝。

嗯？

我，我也是啊，心总是怦怦地跳。心都要跳麻了，没法停下来……

也是在这个时候，妈妈开始系腹带了。直到这时，妈妈还没能做出任何决定。随着时间的流逝，腹带的压迫越来越严重。妈妈的呼吸也越来越急促。有时妈妈呼吸太快了，我几乎跟不上节拍。尽管如此，妈妈还是不动声色，继续神情自若地上学。直到有一天，妈妈的校服纽扣再也系不上了，她抱着书包，瘫坐在地上放声痛哭。

流言蜚语很快就传开了。听完爸爸的供述，大白天就醉醺醺地回到家里的爷爷左右开弓，连打爸爸三十记耳光。第三十记耳光都打完了，爸爸仍然没对爷爷说出那句"我错了"。外婆家的气氛也没有什么不同。外公训斥妈妈，动用了各种不堪入耳的辱骂。外公的脸上萦绕着冬日的肃杀，足以消灭夏日的茂盛。家里没有人肯帮妈妈说话。外婆和舅舅们都在指责妈妈，回避着她的目光。外公抓住妈妈骂骂咧咧，终于按捺不住怒火，像个疯子似的环视四周，拿起了笤帚疙瘩。外公本想狠打妈妈，然而举着笤帚的手停在半空，剧烈颤抖。看着没有捂头却抱住肚子趴在地上的小女儿，外公悲伤的同时，又怒火中烧。

　　两个人着手安排生活是在第二年春天。困难的只是选择，自从决定生产之后，剩下的事情也就迎刃而解了。爸爸依旧神情呆滞地适应着上门女婿的生活。妈妈仿佛要为过去的心酸报仇，心安理得地享受着作为产妇的特权。只要有时间，妈妈就会咋咋呼呼地翻看各种艺人的照片。宝宝，看看，这是宇成哥哥，长得帅吧？这是喜善姐姐。我们看一下，还有……妈妈和爸爸不同，最喜欢的四字成语是"倾国倾城"，听说只能给胎儿看美好的东西之后，她就懵懵懂懂地付诸实践了。妈妈努力进行着正式的胎教。她只吃对身体好的食物，只看美丽的风景，只动健康的念头，完全没有未婚妈妈的羞耻和愧疚之类。妈妈说越是这样的时候越要厚颜无耻，你越是畏缩怯懦，别人越是瞧不起你，必须昂首挺胸，理直气壮。走着瞧吧，看看将来谁更幸福。妈妈坚定不移地相信，未来的孩子也会"理所当然"地继承这种幸福。怀孕之后，妈妈照亮了美丽的事物，蔬菜和水果也只挑选外形完整的来吃。别说幼儿用品，即便是孕妇装也要挑选款式，至于书嘛……妈妈也想读，最后还是搁下了。妈妈说，任何时候都不能让胎儿感觉到压力。

　　偶尔，为了不让声音透出房间，两个人压低嗓门儿聊天。

　　"大洙啊，睡了吗？"

　　"没。"

　　"赚钱很辛苦吧？"

　　"嗯。"

　　"不想去看爸爸妈妈呀？"

　　"比这更远的宿舍都住过了……"

　　"我们快点儿攒钱独立吧。"

　　"嗯。"

　　"别人学习的时候我们快点儿养孩子，别人工作的时候孩子就能尽孝了，我们再好好玩。"

　　"万岁！"

　　"大洙啊，睡了吗？"

　　"没。"

　　"你希望宝宝是个什么样的孩子呢？"

"嗯……男孩吧？"

"不是，我不是这个意思。我说的是性格或者将来的希望。"

爸爸犹豫了。作为保护人，他到现在都不知道自己能干什么，哪里还有这样的希望啊，他甚至不确定自己有没有这样的资格。因此，爸爸的话更像说给他自己。

"这个……我……希望宝宝是个有梦想的孩子。你呢？"

妈妈灼灼动人的眼睛里立刻盛满了期待。

"嗯……我希望宝宝能得到别人的爱。"

爸爸扑哧笑了，埋怨妈妈道：

"喂，这可不容易。"

妈妈不甘示弱地回答：

"怎么？对孩子来说，还有比这更容易的事吗？再说了，我们那么培养不就行了。"

爸爸对妈妈的感觉依然是"女朋友"胜过"妻子"。他横躺在妈妈身旁，抚摸着妈妈的肚皮，脸上带着阴影喃喃自语：

"宝宝会喜欢我们吗？"

妈妈把手叠放在爸爸的手背。

"谁知道呢……"

"宝宝想要的东西，我们能做到吗？"

"是啊……"

两个人久久地凝视着黑漆漆的虚空。窗外，树木在睡梦中深深叹息。院子前面，高高的庄稼迎风摇摆，偷窥着山的梦境。隔着贴有廉价壁纸的水泥墙，隔壁男人的鼾声隐约传来。过了一会儿，爸爸说道：

"我想了想。"

"嗯。"

"哪怕干不成什么，也没关系。"

"嗯。"

"只要健康就行了。"

妈妈眨了眨眼睛。然后，妈妈说话了，声音很平静，平静得令人悲伤。

"是啊，这样就行了。"

村里人都认为我会很健壮。人们无聊地取笑说，孕妇这么年轻，孩子肯定头脑聪明，应该趁这个年纪多生几个。以前都是这个年纪就当妈妈了。前不久还皱着眉头看我爸爸妈妈的人们也来参加意见。近来很难看到新宝宝了。人们渴望靠近温柔而又灿烂的"生命"，好像已经急不可待了。妈妈的脸上洋溢着孕期女性的自信满满和无比骄傲。

那是像"真正权力"般流露无遗的青春素颜，甚至自己也不知道脸上是什么表情。

有一天，许多穿着校服的少女来到了我们家。妈妈的闺蜜韩秀美带领着大家。韩秀美的手里拿着一双小巧玲珑的鞋子，那是每人几千元① 凑钱买的礼物。少女们看见妈妈便兴高采烈地抱着她说："哇，疯了，疯了。"她们拥挤在狭窄的房间里，一边吃着廉价的水果，一边尽情地闲聊。当然少不了像往常那样背后说老师的坏话，也少不了艺人明星的话题，然而这次的焦点还是妈妈。

"男孩，女孩？"

"还不知道。医院让准备蓝衣服。"

"哎呀，那就是儿子啊，儿子。"

"要是像大洙，应该很魁梧。"

"对啊，别看大洙这家伙脸蛋不怎么样，身体还很健康吧？"

"所以连孩子都有了嘛。"

"哎哟，哇！"

少女们齐声高喊，纷纷做出掺杂着羞涩和喜悦的鬼脸。我喜欢高

---

① 除特别说明，文中货币皆指韩元。1元人民币约合 190.15 韩元。

音女人的絮絮叨叨和大声欢笑，因而比平时更活跃了。有人神秘兮兮地说道：

"对了，我姐说过，女人生孩子的时候那儿会撕裂。"

"那儿？那儿是哪儿？"

"就是那儿嘛，下边。"

"哈，真的吗？"

"嗯，用刀轻轻割开，别的地方疼得厉害，那儿却感觉不到呢。"

"哎哟，太恐怖了。"

"我才不要生孩子呢。"

"喂，你先嫁出去再说吧。"

"对了，美罗，你的胸部变大了吗？"

"嗯，怀孕就这点儿好处。"

"长妊娠纹了吗？"

"嗯，我也怕长妊娠纹，正在擦护肤霜。我像蝌蚪吗？"

妈妈用手敲着脑袋，有些羞涩。

"没有，很漂亮。"

"唉，还漂亮呢。自从怀上宝宝，裤子上面经常粘着奇怪的东西。"

"什么呀？"

"不知道，反正总是有分泌物，很不舒服。"

"真的？"

"嗯，真的，感觉自己变成动物了。"

"天啊……"

妈妈的朋友们谈论着各自了解的生育信息和趣闻，喋喋不休。有时候明明不怎么好笑的话题，她们也哈哈大笑，拍打着身边的人，大肆放纵，甚至达到了神情恍惚的程度。朝着声音传来的方向，我时而转向这边，时而转向那边，"这真的就是女人的世界吗……"我已经头昏脑涨了，"真是喧嚣而耀眼的存在啊……"过了一会儿，韩秀美小心翼翼地问道：

"美罗。"

"嗯。"

"那个……可以摸摸吗？"

妈妈好像已经经历过很多次这样的事了，满不在乎地说道：

"当然。"

得到许可的少女们三三两两地围到妈妈身旁。好像忽然冒出什么秘密的想法，她们交换着诡异的眼神。很快，妈妈的圆肚皮上就有了五只手，都是白皙而美丽的手，小巧玲珑得就像海星。五只手同时感觉到了我的存在，刹那间几乎窒息了。我也感觉到了头顶上方五位少女的热气，无法动弹。短暂的静谧蔓延在我和她们之间。妈妈的肚子变成浑圆的宇宙，包围着我的全身。这个辽阔的天球上面，稀疏地排列着五个由点线相连而成的星座。那是鲜活的星座，轻柔而温暖。妈妈的朋友们面面相觑，似乎觉得很神奇，同时流露出朦胧的微笑。

朋友们让妈妈留步，妈妈却摇摇晃晃地坚持送到最后。她们不停地说着羡慕妈妈，还说妈妈很勇敢，很漂亮。等待公共汽车的时候，她们谈论着新来的男实习生，嘻嘻哈哈地笑个不停。妈妈不知道朋友们聊什么，却也不愿破坏气氛，只好尴尬地跟着笑。她真真切切地感觉到今天朋友们对自己太友好了。

……咦？为什么呢？

妈妈疑惑地歪着脑袋，不过很快就忘了这件事，然而我却能猜到理由。我想，这些少女，也许是感到抱歉吧。因为豁达和亲切都是下意识地准备离别时流露出来的态度。也许她们已经预感到了，从今往后再也不能经常见到这位"被退学的朋友"了。时间飞快地流逝，如果是准备迟早要来的期中考试、期末考试和高考，一年时间很快就会过去。朋友已经结婚，能够交流的话题越来越少，无形之中疏远的关系让人尴尬，于是就有了假装亲近的相互猜忌。这时，她们隐约感觉到彼此需要更多的谎言和伪装、更多的亲切。无论是妈妈，还是她们，都不可能马上意识到这些。妈妈的朋友们情深意长地告别之后，齐刷刷地上了汽车。妈妈高高地举起手来，朝着朋友们挥动。直到汽车变成隐约的点，妈妈还是用手叉着腰，久久地注视着朋友们远去的身影。喧哗的朋友们刚刚离去，日落时分的乡村便迎来了巨大的静寂。寂静早已存在，犹如皮肤，然而那天妈妈却感觉它是如此沉重。

客人当中还有爸爸在初中跆拳道部的后辈。这些小伙子体格魁梧，长得很像黑社会，伸手捂着嘴巴偷笑。面对已经辍学的前辈，他们还是努力做到有礼貌，有情意。

"前辈，没有前辈的体育馆太冷清了。"

"臭小子，屁话少说。"

妈妈还是第一次看到爸爸骂人，不由得有些惊讶。尽管也听说男人在朋友聚会的时候会变成新物种，然而朋友堆里的韩大洙和两人相处时的韩大洙还真是判若两人。妈妈觉得他们年纪没差几岁还这样客气，实在有些好笑，不过她还是垂下眼皮削起了苹果。

"真的，前辈。"

"对了，前辈。你以前对我们很好……我们都想你了，前辈。"

说完，他们用手捂着嘴，哈哈大笑。

"对了，还有这个……"

有人递过一个绣着兔子状十字绣的围嘴。那个小伙子身材魁梧，看起来面相凶恶。还有个厚脸皮的家伙嫂子长嫂子短地跟妈妈撒娇，嫂子真是美女啊。如果有下辈子，我真想跟嫂子谈恋爱。哈哈哈哈，哈哈哈哈……

"哦，前辈，去年不是有个判罚不当的裁判吗？"

"啊……"

"他因为违规被抓走了，前辈。"

爸爸沉默了，脸上带着漠不关心的表情。后辈们说的这位裁判，爸爸当然知道。爸爸在比赛当中受到不当警告和罚分，于是用连环腿将裁判员踹倒在地，就是这个人。结果，爸爸因为这件事被学校停学，然后闪电般跟妈妈坠入了爱河。简单说笑几句之后，后辈们纷纷站起身来。体育高中位于本道最大的城市，必须早点儿才能赶回去。他们需要从我们家坐三十分钟的公交车到郊外汽车站，然后还要再花两个小时才能到达目的地。离开之前，有人悄悄地塞给爸爸一个装钱的信封。钱不多，是大家一起凑的。看着信封，爸爸很感动，不过没有表现出来。你们跟谁学的这些啊，几个月间便已早熟的爸爸边说边给后辈们递车费。后辈们说要来的时候，爸爸就瞒着妈妈准备好了。推辞了几个回合，后辈们终于接下了信封。汽车扑哧扑哧地吐着浓烟，爬上了山坡。爸爸手遮额头，久久地注视着他们慢慢消失的身影。汽车扬起灰尘离去之后，爸爸依然钉在原地，怅然若失。爸爸情不自禁地握紧了拳头，奇怪的是，这个姿势很像爸爸已经决定终止的跆拳道的"起势"。

任何生命都不是"出生"，而是"迸发"，妈妈早就知道了。妈妈在乡下出生长大，不过该懂的道理也都懂。妈妈看到过的花、家畜和昆虫，大部分都是冲破比自己躯体要小的外壳，像爆竹似的迸发出来。仿佛忍耐已久，仿佛再也忍耐不住。像欢笑，像揶揄，像鼓掌。砰！砰！看看蜕掉的外壳，竟然容纳了那么巨大的翅膀和腿，真是不可思议。那年暮春时节，妈妈的辛苦终于宣告结束，我出生了。我完全不像个早产儿，居然发出洪亮的哭声。"迸发"出来了。我破空而来，理直气壮，突破了崔美罗和韩大洙家悠久而复杂的谱系。凭借直觉，我知道要想应付自己的突如其来，我必须当着所有人的面大声哭喊。然而我不知道哭是怎么回事，也不知道怎样才能哭出声音，心里不断汹涌着热烈而又软乎乎的气息。我只是觉得恶心和晕眩，却发不出任何声音。因为以前只是通过脐带呼吸，这是第一次必须用肺。分娩室周围萦绕着危险的静寂。医生好像并不当回事，熟练地将我举了起来，然后用大手啪啪地拍打我的屁股。这就是别人所说的"生日面包"吧。我好疼。我想发火，却只能嘤嘤啜泣。否则就要挨更多的打，这就是我当时能做的事。

"对了，对了。会哭才能活……"

年过半百的专家医生无情地逗弄着我，然后带我去找妈妈的乳房。我浑身裹着各种各样的分泌物，面貌丑陋地拜见了妈妈。妈妈肯定是期待已久了，但是因为我太脏，初次见到我的妈妈有些惶恐不安。当然，我和别的新生儿差不多，视力很弱，几乎看不见眼前的事物。当我被妈妈抱在怀里，听见她的心跳的瞬间，我心里的石头总算落了地，"啊！这是我熟悉的声音！"妈妈严肃地注视着犹如抹布般皱巴巴的我。她好像哽咽了，声音怪怪地说：

"阿美，我是妈妈呀……"

妈妈说完就开始放声痛哭，自己也不知道为什么要哭。仿佛人类的全部感情，悲伤和喜悦、骄傲和羞耻、舒心和委屈、空虚和满足，统统涌上心头，她也是第一次体会到那么多的感情……那个瞬间，妈妈的脸上完全没有什么社会性的自觉意识，那是根本意识不到别人怎么看自己的女人的哭泣。妈妈崩溃了，就像通过最新式爆破工艺瞬间摧毁的高层建筑。那样的哭泣，也许每个女人的生命里只有两次吧，生育的时候和死亡的时候……听着妈妈犹如野兽般的哭声，我放心了。"啊，原来生我的人拥有和我相似的哭声。""啊，原来我让妈妈感觉到了一些什么。"这样想的时候，我很安心。尽管我也不知道那究竟是什么样的感觉，然而妈妈的眼泪至少让我相信，原来我不是完全没有价值的存在。家人们知道产妇有轻微的妊娠中毒症，惴惴不安地担心着会不会发生不好的事，当听到"儿子"这个字眼的时候，立刻开怀大笑。外婆跌坐在地，不停地擦眼泪。从未有过身体接触的外公和爸爸情不自禁地紧紧拥抱。开始于我的哭声，犹如风中依次倒伏的草，转向妈妈，经过外公，最后蔓延到了爸爸。这些并非刚刚出生的人们，好像早已听说过会哭才能活这句话了，他们活着，还想活得更真切，于是提高嗓门儿，号啕大哭——当然了，这里面哭得最响亮的人还是爸爸。爸爸双手颤巍巍地抱起我来，因为曾经偷偷地祈祷"保佑我不要当爸爸"而心怀歉疚，于是大声地哭，声音比别人高两倍，久久地哭，时间比别人长三倍，结果引来护士们的频频侧目。

2

　　今年我已经十七岁了。人们都说我能活到现在是个奇迹。我也是这么想的。跟我相似的情况，很少有人能活过十七岁。不过我相信，普通之中存在着更大的奇迹。过着普通的生活，死于普通的年纪，我总相信这就是奇迹。在我看来，奇迹还是我眼前的这一对一对，妈妈和爸爸、舅舅和舅妈、邻居大婶和大叔，还有盛夏和寒冬。当然，我不是。

　　几年前，有位邻居家的女人来到我们家，说了这样的话：

　　"听说查不出原因，也找不到治疗办法？"

　　"是的。"

　　"那就不是病。"

　　"啊？"

"那是信息。"

她的身旁放着破旧的《圣经》和念珠。

"大嫂……"

爸爸说道：

"这孩子是阿美，不是信息。他叫韩阿美。"

突然间，这个与我的外貌极不相称的温顺而圆润的名字令我羞愧，同时我又感到心满意足，"现在连爸爸都长大了……"当爸爸还是十几岁的少年家长的时候，无论大人们说什么他都低头认错。现在，有人这样跟我们说话的时候，他已经能保护我们免受伤害了。然而内心的伤害却是无可奈何，那天晚上，爸爸喝到大醉才回家，手里提着千元一份的水饺。这样的事不在少数，只是那天我不明白为什么。爸爸走进我的房间，枕着我虚弱的双腿躺下，然后鼓起腮帮，嘿嘿地笑了。

"阿美，阿美，你喜欢什么歌？"

我有气无力，哆哆嗦嗦地说：

"怎么了？"

"没什么，我就是想知道儿子喜欢什么？"

透过眼镜，我用朦胧的眼睛注视着年轻得让人心酸的爸爸，忍不住笑了。我想让他开心，于是说起了俏皮话。

"只要是美女唱的歌，我都喜欢。"

突然，爸爸像个疯子似的扯开嗓门儿，附和着说：

"我——也——是——！"

然后，他猛地跃起，大声喊道：

"李孝利最棒！"

我也跟着举起双手，高声呼喊。虽然没能如愿以偿地发出富有爆发力的声音，不过我还是用尽了全力。

"朴志胤最棒！"

爸爸在原地蹦蹦跳跳。

"严贞花最棒！"

"成宥利最棒！棒！"

"宝儿最高！"

爸爸突然冷静下来，像个失魂落魄的人。

"也许年纪大了就这样吧，总是爱听悲伤的歌曲？世界上最悲伤的歌需要喝着酒去听。等你长大了，你可以激情地喝酒，听民谣，明白吗？"

"好的，爸爸。"

我露出没剩几颗的牙齿，微微地笑了笑。

"爸爸。"

"嗯？"

"你现在悲伤吗？"

"嗯。"

"因为我吗？"

"嗯。"

"我怎么样你才开心呢？"

爸爸怔怔地望着我，好像有些烦闷，静静地回答道：

"我也不知道你做什么我才开心，不过我知道你不应该做什么。"

"什么？"

"不要心怀歉疚。"

"为什么？"

"为了某个人而悲伤……"

"嗯。"

"是很不寻常的事……"

"……"

"你是我的悲伤，我也很开心。"

"……"

"所以你……"

"嗯，爸爸。"

"长大后要成为某个人的悲伤。"

"……"

"如果你感到心痛，你要像个孩子似的哭泣。"

"爸爸……"

"嗯？"

"我现在不就是孩子嘛。"

"是啊，是这样……"

　　我的十七岁生日礼物是笔记本。这是爸爸妈妈为我准备的礼物，好让我在病房里也能用网络。虽然是粗糙的二手货，但毕竟我早就需要个人笔记本了，刚刚接过这个重重的家伙，仿佛它变成了小狗，我张开双臂，把它紧紧抱在怀里。为了向爸爸妈妈显示我有多开心，我还故意像个傻瓜似的哈哈大笑。本来我也正想用笔记本做一些事情呢。

　　平时独处的时候，我喜欢读书。起先我还按照学校的进度读书，后来觉得无聊，就忍不住到处找书读了。对我来说，书籍既是通宵达旦为我讲述精彩故事的老奶奶，又是教给我世间知识和信息的老师，还是可以和我分享秘密和苦恼的好朋友。我从小体弱多病，不能到处玩耍，于是我渐渐喜欢上了跟世界各地的作者们玩体育游戏。我在假想的运动场上踢足球,福楼拜踢前锋,荷马踢中场,莎士比亚当守门员。我在露天运动场上打棒球,柏拉图当接手,亚里士多德当投手。赛场上的风景大致如此,如果柏拉图伸手指向天空,那么咯吱咯吱嚼着口香糖的亚里士多德就点点头,用手指着地面。随后,变化球立刻画出美丽的曲线,速度飞快地从古代飞来。我愣愣地挥动比我个子还高的球棒,却扑了个空。当然,哲学书比较难懂,很多地方我都不知道说的是什么,不过我还是将它们当成优雅而漫长的诗篇。那些不能马上理解的部分,总有一天会主动向我走来,一边跟我打招呼,一边笑着说"是我呀……"这就像人生的重要教训,大部分都会以这样的方式抵达你身边。我和诗人打网球,我和剧作家下围棋,我和科学家打排球,也是这样的情况。我跟他们学会了不用奔跑就能让心跳加快的办法。

　　无论是什么类型,无论有多厚,凡是用纸张和铅字做成的东西,我统统喜欢。包括昆虫、植物、鱼类图鉴,还有咚咚踩过胸膛的诗集,以及让人犹如挨了耳光似的为之振奋的社会学书籍。这里面还有来历不明又不系统的入门书籍,《围棋初步》《什么是高尔夫》《初级日本语》《电气工程学基础》《初识经典》《简单易懂的女权主义》……回头看看,我也不知道为什么要读这些书。虽然我读了电气工程学,可换灯泡的时候还是直冒冷汗。虽然我学会了平假名，可我从没去过日本。乍看起来，我的阅读并不是对知识的热爱，倒更像是地球毁灭之后独自幸存之人的焦虑。从未进过高尔夫的球场暂且不说，独自留在地球上的人学女权主义干什么啊？当然了，肯定有人会这么提问。拳头般大的小家伙什么时候读了这么多书呢？我会这样回答，一个人待久了，能做的事情多得超出想象。我也不是下定决心"必须做什么什么"，突然醒过神来，就发现自己在做这些了。我最喜欢的书当然还是小说，从人类创作的各种古老的故事，到外国年轻作家刚刚推出的出道之作，从世界上人气最旺的类型故事，到那些异想天开。企图在类型或标准上让前辈大吃苦头的实验性作品。这样跟各国作家玩的时候，从前没有读过或者怎么也读不到的书籍纷纷涌现的时候，我飞快地衰老了，或者说衰老的我在跟他们玩。我的皮肤浮肿，并且早就开始掉头发了。当然也只是外表如此，我却没有老人的智慧和经验。我的年龄之中没有层层叠叠丰富的皱纹和体积。我的衰老只是空虚的老化。那些比我活得长久的人，我对他们的人生充满了好奇。我也想知道那些没有我老的人的感觉或烦恼。幸好书里有好多东西，尽管不是什么都包括。

偶尔，妈妈问我：

"阿美，你在读什么？"

我嚅动着干瘪的嘴唇，像小鸟一样叽叽喳喳地说道：

"没什么，妈妈，就是随笔。这个人七岁的时候妈妈死了，他的眼睛也看不见了。他度过了八年的盲人生活，后来有一天，他奇迹似的复明了。"

"小说吗？"

"不是，这是手记。他想，说不定什么时候还会变成瞎子，于是急匆匆地跑去了书店。他最先从书架上抽出的书是《白痴》。"

"为什么？很有名吗？"

"因为小时候他的爸爸经常骂他，你这个白痴，你这个白痴。有趣吧？"

妈妈难为情地笑着回答：

"妈妈也总是骂你。"

有一天，爸爸又问我：

"阿美，看什么呢？"

我从稀稀落落的牙齿缝隙间吐出尖厉的声音，说道：

"小说啊，爸爸。这里面的男主人公跟着家人移民去美国，结果碰上暴风雨，遇难了。"

"是吗？"

"是啊。这个小男孩被困在太平洋中央了，还有老虎呢。他说，有时候绝望的感觉比老虎还恐怖。有一天，令他提心吊胆的老虎离开了，他还哇哇大哭呢。"

"哎，说不通啊。"

"怎么了，这是真事。所有事情都有说得过去的理由。"

"是吗？"

"是的。"

我忽闪着灰白的睫毛，声音颤抖着说道：

"对了，爸爸……"

"嗯？"

"如果爸爸感到特别特别孤独的时候，或者感觉这个世界就像荒凉可怕的太平洋的时候……"

"嗯。"

"那个时候我会变成爸爸的老虎。"

爸爸沉默良久，抚摸着我的脑袋喃喃自语：

"这个牙齿掉光的老虎啊？"

有一天，住在隔壁的张爷爷问我：

"那是什么呀?"

"大人绝对不能知道的坏书。"

"我比你了解的坏多了,我干过很多你想象不到的坏事,给我拿过来吧。"

张爷爷蘸着唾沫翻了几页被我当成玩具的书,立刻就沉浸在禁书的世界里了。那是充满粗暴煽情内容的旧书。爷爷马上就把书借走了。几天后,我偶然路过张爷爷家,听到院子里面飘出的声音。张爷爷的父亲,九十岁的"老张"爷爷在责骂年逾六旬的"小张"爷爷。我不知道具体的内幕,不过我还是清清楚楚地听见老张爷爷声音洪亮地说:"你什么时候才懂点儿事啊!"过了一会儿,墙里面有什么东西掉落在我的脚下。仔细一看,原来正是前几天借给张爷爷的那本书。

我读了那么多人的文章,自然就冒出写点儿什么的念头。事实上在这之前,偶尔我也写过日记、随笔和电影欣赏等,贴到网络论坛之后反响还不错,不仅收获了几十条跟帖,还被推荐为人气帖子。不过,决定正式写点儿"真故事"还是最近的事。准确地说,应该是几个月前从重症室回来之后。当时,我还戴着人工呼吸机,徘徊在生死边缘。医院方面已经告诉爸爸妈妈做好思想准备了。尽管以前也有几次面临生死考验,然而这次真的很严重。这期间,外婆和舅舅等几个人都来过重症室。无须多说，他们已经将这次当作最后的告别了。他们坐在我身边，连续几天聊着漫长的话题。我陷入遥远而深沉的睡梦。神奇的是,偶尔我也有甚至较为清醒的时刻。有那么几个瞬间，我闭着眼睛，却与平时清醒的时候毫无区别。往返于生死的瞬间，我依然竖起了耳朵。他们完全没有察觉到这个事实，于是我有幸滴水不漏地听到了亲人们的交谈。

"当时真不应该要这个孩子。"

"妈，现在当着孩子的面说这话，合适吗？"

"你这丫头，你心疼你的孩子，我也心疼我的孩子啊。我以为你生了孩子之后能懂点儿事，没想到一辈子让我操心。"

"美罗，当时没能借给你那三百很对不起。我知道你很难过。可是那时候我们的情况也不好过啊。"

"小姑子！你还记得阿美第一次写字的时候吗？当时阿美在墙上写了'韩大洙是笨蛋'，全家人都笑坏了。"

我有过很奇异的经验，从大人那里听来的故事和我自己知道的信息相互混合，犹如电影般重现在我的眼前。正在表演的我和举着摄像机的我并未分离。睡梦中看到的现实和清醒状态下做的梦同样难以区分。我看见了，那时候的爸爸使劲把校服裤腿挽到脚踝的样子。我看见了，那时候的妈妈蜷缩在洗脸池前挤脸上的青春痘。我看见了，爸爸妈妈在河边亲吻的神情。除了这些，还有好多好多风景掠过我的眼前，犹如褪色的照片。爸爸站在重新开张的商店前，脸上带着自豪的笑容；妈妈背着我，失魂落魄地凝望着挂在橱窗里的连衣裙；爸爸去便利店打工，却被人污蔑偷东西，还让老板打了耳光；为了教训那些嘲弄我的孩子，妈妈光着脚丫冲了出来……我真想重新回到那样的时光。某些东西消失了，既不是谎言，也不是真实，浑浊而又清澈，遥远而又切近。一天，又一天……亲人们的谈话就像投进井里的小石子，却在我的心里荡起层层涟漪。几天后，我惊人地从睡梦中醒来，恰好看到爸爸正在病房地板上打滚呜咽。原来他看到不规则的心跳曲线，误以为要来的已经来了。于是我说："爸爸，您在干什么了？"结果弄得家人们都很尴尬。意识恢复以后，我知道自己又多了个机会，而且也知道如此重大的机会一生只有一次。然而不管怎么说，那次救活我的是想听你们说话的渴望，还有我在不知道与你们同时做梦的时候做过的梦……

出院以后，爸爸妈妈问我这个生日想要什么礼物。我几乎从来没有要求他们买过什么，然而这次我回答说想要笔记本。也许是我的回答超出了他们的想象，爸爸妈妈犹豫了很长时间。他们到角落里商量了半天，然后故作大方却又难为情地笑着说，知道了。

3

　　生下我之后，爸爸妈妈痛切地感觉到自己不懂的东西太多了。他们自以为差不多的事情都知道，然而那只是青春期特有的狂妄和自负。首先，他们连怎么抱孩子都不知道，因为他们从来没有侍弄过那么弱小的生命。很长时间里，爸爸每次抱我的时候，双手都会哆哆嗦嗦地颤抖，像个手颤症患者。虽然爸爸凭直觉也知道应该托住婴儿头部，却又总是担心会不会失手弄掉了孩子。如果是比赛，爸爸从不惧怕任何体形庞大的对手，然而面对这个不到两公斤的新生儿却战战兢兢。他好像领悟出什么了不起的道理，看着妈妈说道：

　　"我啊，从来没想过，还要从头开始学习怎么抱人。真的，这种事我根本就不想知道……"

　　妈妈也是同样生疏。分娩之前也看了各种各样的书，村子大妈们的意见和建议也灌满了耳朵，然而实战和理论真是迥然不同。如果我毫无来由地放声大哭，妈妈就会坐立不安，团团乱转，到头来甚至哭得比我还凶。

"阿美，别哭。嗯？别哭了。哇哇哇哇……"

家里摆弄起我来最熟练的人还是外婆。她面无表情，动作慢慢腾腾，却准确地知道我需要什么。每当这时，妈妈总是极尽温柔地拍马屁，"妈妈怎么什么都懂啊？"外婆对女儿的撒娇似乎并不领情，无精打采地说道：

"养孩子本来就不容易。"

除此之外，两个人要学的东西还有很多，喂饭的办法、哄睡觉的办法、洗澡的办法，还有理解的办法……仿佛刚刚出生的人不是我，而是他们自己，一切都要从头开始学习。遇到我之前，他们两个不知道婴儿车原来那么昂贵，更不知道需要浪费那么多纸尿裤。他们搞不清预防接种到底是 DDT 还是 DPT，也不知道婴儿需要多少次的努力才能成功翻身。两人只知道翻身能让他们多么激动，还有成功翻身的婴儿有多么得意扬扬。有时候，爸爸跟因为长期睡眠不足而眼窝深陷的妈妈说：

"美罗，睡了吗？"

"没呢。"

"我是说阿美呀。"

"嗯。"

"我以为人理所当然应该会的事情，没想到他一点儿也不会，你不觉得很神奇吗？"

妈妈困乏不堪，还是诚心诚意地回答说：

"嗯。"

"是我们的爸爸妈妈帮助我们学会这些事情的。"

"对啊。"

"可是我们一点儿也不记得是怎么学会的。"

"谁说不是呢。"

爸爸兴致大发，继续胡说八道：

"而且人的年龄怎么可以用一天、半个月、一个月描述呢，又不是鸡蛋，哈哈，这像话吗？"

妈妈有气无力地回答：

"不像话……"

水泥墙那边传来隔壁男人平静的鼾声。那个小伙子总是被我吵醒，已经消瘦不堪了。

过了一会儿，爸爸又叫醒了妈妈。

"美罗，睡了吗？"

"没呢。"

"我是说阿美呀。"

"他看着我们动嘴唇的时候，像不像有很多话要说啊？他想说什么呢？要是有个先进的翻译机，我可真想听听。他究竟在说什么呢。"

"……"

"还有睡觉的时候他怎么还笑呢？婴儿也做梦吗？他笑得真像佛祖啊。这个我也想录下来，以后再看。做的什么梦呢？婴儿的梦也是彩色的吗？"

"……"

"啊，我真好奇。你不是吗？"

"大洙啊。"

"嗯？"

"我也好奇，好奇得要死。所以……"

"嗯。"

"睡会儿吧。"

因为我的出现，家里发生了很多变化。首先看到的就是颜色的变化。简朴的新婚人家，原本无比平实的单间房里充满了原色的婴儿用品。仿佛春天来了，风景在循序渐进却又迅速地改变。那样的花花绿绿谁看了都会觉得幼稚，如果不是我的降生，这个房间里也不会有这样的颜色。这里有很多用来促进婴儿感官发展的新生儿用品，声音、颜色、感触、味道等等。它们不仅刺激我，也刺激了爸爸和妈妈的感官。爸爸妈妈通过我重新体验了什么是感觉。一次是通过自己的眼睛，一次是通过婴儿的眼睛……总共两次。听见当啷声便瞪圆眼睛的孩子，看到这样的情景笑逐颜开的父母。这微笑之中完整地包含着对人的惊异和谦虚。尽管本人没有察觉，然而事实的确如此。这是世界上最小的人。无论是妈妈和爸爸，还是外婆和外公，每个人都从这里出发。这个事实让爸爸妈妈大为震惊。他们越来越成熟，渐渐学会了用天真的婴儿之眼去体验世界……虽说有些因果颠倒，不过这的确很惊人，因为最欠考虑也最智慧的事情每天都在上演。

第二个变化就是味道。从哺乳期的年轻产妇发出的体香到酸溜溜的婴儿大便味，还有呼气味、汗味、口水味，以及洗净晾干的棉布和渗透其间的阳光的味道。哪怕只是在逼仄的出租房里稍坐片刻，那种气息也会黏糊糊地沾满身体，温暖而且烦闷，有时会让爸爸迫切地渴望独处。爸爸喜欢用鼻子顶着我的脑袋，哼哧哼哧地喘气。他乐于炫耀我身上每个部位散发出的不同味道。不过，在当时爸爸对妈妈的喜爱胜过对我。爸爸和我之间没有生产时携手闯过鬼门关的友情，他们的夫妻关系因为我而变得疏远也就理所当然了。爸爸经常向妈妈表达自己的失落。这就是我们家在生下我之后的第三个变化。爸爸每天晚上都会轻轻叹息，难道做上门女婿就是为了这个……他委屈得好像要哭了。爸爸小心翼翼地摩挲着正在给我喂奶的妈妈的肩膀，脸埋在妈妈的两肩之间。那个狭窄的空间不足以容纳一张脸，然而爸爸却感觉那是世界上最安全的地方。

"美罗，睡了吗？"

"嗯。"

"真睡了？"

"哎呀，我都说了！"

爸爸好像很喜欢妈妈的反应，心里想着趁机弄醒妈妈，于是抓住话柄说道：

"喂！睡着了怎么还说话啊？"

妈妈好像很不耐烦，长长地叹了口气。

"大洙啊。"

爸爸满怀期待地答道：

"怎么了？"

"当妈的真是无所不能啊。"

真的见到外孙后，兴奋的外公立即为女婿安排起了生活，打算让爸爸在镇上找个好地段开体育用品店。那时外公手里还有点儿钱。直到外公去世之前，甚至在他去世之后，恐怕也只有外公自己知道家里的财产规模。不过，家里人都知道申办大湖观光园区的时候拿到了数目不低的补偿款。舅舅们眼疾手快，纷纷找外公借钱。事实上也确实有几个人拿到了事业资金，做起了自己的生意，比如每个村子里都有那么三两家的炸鸡店、水果店、出售卡通文具的文具店等。没有人知道外公的房间里具体达成了什么样的协议，二舅认为大舅拿得多，大舅则怀疑老三超过了自己。家里只有爸爸从来不惦记岳父的补偿款，与其说是天性善良，还不如说他这个人没头脑。有一天，外公叫来一年间从"韩大洙"变成"韩姑爷"，最后又变成"阿美他爸"的女婿，这样说道：

　　"大洙，你想干点儿什么啊？"

　　"啊？"

　　爸爸蒙了。他以为岳父又要考自己了。

　　"你不要想入非非。这不是给，而是借。"

　　外公率先给别人谈起钱的话题，这样的事非常罕见。至于借钱，那更是如此了。面对瞠目结舌的女婿，外公说起来滔滔不绝。现在你也当爸爸了，应该为家里的生计负责。你到工地打零工又能到什么时候呢，应该考虑找份稳定有前途的工作。虽说你也读过书，但是凭你的脑子也当不了什么学者，别人的眼光也不能不注意，还是要有个像样的工作，是不是啊？外公这样说并不是出于对外孙的喜爱，更多的是因为围绕大湖观光园区出现了很多不好的传闻。当时，工地劳力受伤或者遇祸的事情时有发生，比如有人被树压倒，有人被车撞了，有人落水了，等等。更有传言说，某个外地来的人死于事故，建筑公司方面神不知鬼不觉就处理掉了。事情的真伪无法确定，不过有几个人在工地"差点儿死了"却是事实。那个住在外公家一字形水泥出租屋里的小青年，搬家过来没多久就在腿上打上了石膏。他想躲避坠落的钢筋，结果被砸伤了腿，如果被砸中要害，恐怕当场就变成烂泥了。他住在我们隔壁，每当我放声大哭的时候，他就会突然调高电视音量，当作对我们的示威。如果我是抽抽搭搭地哼唧，音量是 5；如果我咬牙切齿地号啕大哭，音量就会提高到 20。我变得越来越敏感，哭得更响了。他也不甘示弱地按着遥控器对抗。他的隔壁房间里的叔叔咣咣地用脚踢墙，再隔壁屋里的叔叔高喊："睡会儿觉吧！"毕竟我们是房东家的孩子，所以他们的反应仅限于此。反正不管怎么说，工地上大大小小的事故彻底磨灭了爸爸的士气。外公嘴上不说，却也感觉到了自己的责任。当初拉着爸爸进工地的人毕竟就是他嘛。

"那么……您是不是想让我做生意？"

"要不，你去做粉刷？"

"不行，这个……"

"怎么了？"

"村里有个我认识的大哥已经在干了，有点儿不好意思……"

外公微微皱了皱眉头。这家伙跟别人还知道不好意思，跟家里人从来没有不好意思的时候。外公耐着性子，又问道：

"大洙，那你想干什么啊？"

十八岁。这个年纪不懂的东西还很多，当然也意外地懂了很多事。爸爸知道这是机会，不过也有点儿害怕。他从来没做过生意，没有信心，而且这次岳父好像真的要求他长大成人了。真正的大人。爸爸还不明白真正的大人是怎么回事，尽管很长时间以来他也希望拥有这样的待遇，然而他也知道自己从来就不是真心渴望长大。爸爸对人生还很懵懂，却知道大人这个字眼散发着强烈的味道。那也不单纯是疲惫、权力和堕落的味道。前不久还茫然地做过设想，然而等他真正站到入口了，事情又不是这样了。爸爸几乎本能地从大人这个字眼里嗅出了孤独的味道。虽然只是听说，不过这个字眼周围有着黑暗的磁场，只要被吸进去就无法解脱了。难道岳父的微笑和支援不正是要求我抖擞精神，脚踏实地过日子吗？十八岁的少年就要脚踏实地过日子了？这样也行啊？真的吗？爸爸很纠结。假装谦虚地拒绝吧，又没有别的方案。尽管难以启齿，然而让人浑身酸痛的工地活儿和飞快长大的孩子也是不小的负担。最近太疲劳了，正睡着觉竟然在被窝里尿起了尿，这让爸爸大为震惊。他甚至威胁妻子说，这事绝对不能告诉任何人，要是走漏风声他就离家出走，十年之内绝不回家。难道她已经暗示给岳父了？我想干什么呢，应该干什么呢？爸爸知道绝对不能像上次那样回答说"不知道"。如果开个娱乐室或漫画房该有多幸福啊，然而这样的真实想法也不能轻易泄露。爸爸认真地抓耳挠腮，努力表现得像个值得信赖的女婿。

镇上的孩子们……现在最想得到的是什么呢？这个村子里没有的东西……？

过了一会儿，爸爸的脑海里浮现出惊人的好主意。它绝对能满足刚才还苦恼不已的全部条件。

"父亲……"

"说吧，大洙。"

爸爸悲壮地说道：

"最近，耐克很流行。"

"啊？什么克？"

爸爸兴奋地补充说：

"就是体育用品店啊，父亲。现在我这个年龄的孩子都想有这东西。车站附近的走读生都穿这个呢。"

那年，我渐渐地有了人的模样。肉在长，血在涌，我像模像样了。曾经皱皱巴巴像虫子的我如花盛开了。胎热平息，胎毛消褪，我越来越漂亮，越来越有福相。好像大部分的孩子都是这样，否则就活不下来。仿佛我是为了证明妈妈的话，她说没有什么能像小孩子得到爱那么容易。天天见面的我日新月异，这让妈妈很惊奇。数月之间，我已经长成一副值得别人深爱的面孔。这段时间我的模样真是变化无常。昨天的我和今天的我不同，今天的我和明天的我又有区别。蝴蝶一生只长一次翅膀，而我每隔几天就要换一次。哪个父母会觉得自己的孩子不漂亮呢？爸爸妈妈在生我之前放弃了太多东西，现在彻底被我迷住了。尤其是我妈妈，崔美罗女士，她的情况更为严重。当然，生育期间她还受到荷尔蒙的影响。妈妈对我就像对待同甘共苦的战友，无须言语，通过眼神就能相互了解。

"妈妈，你生下大哥之后也是这么疼爱吗？"

妈妈哄着包在襁褓里的我，问外婆。

"当然了，三岁之前，疼爱得不得了。"

"三岁？为什么是三岁？"

"以后就不听话了。"

当然，这时候的妈妈还不能真正理解外婆的话。不听话为什么会让父母勃然大怒；天使般的孩子怎么会变成怪物；嘟囔着几个单词对抗父母的时候头头是道，那是多么可恶；记性怎么那么好，那么有眼力见儿。这些妈妈还无法理解。很多父母咬牙切齿地和子女们战斗不止，然而那也并非因为他们天生就是坏脾气。

我过了周岁还不会喊"妈妈"，真正开口说话是半年之后的事了。这是每个人都要经历的平凡过程，却让妈妈欢呼雀跃，大受鼓舞。我打破漫长的沉默说出第一句话，我心里也想说出完整的句子，"妈妈您好，这段时间您多操心啊！"然而说出来的只是简单而又普通的字眼，"妈妈"就是全部了。从那以后，我总是不停地嘟嘟囔囔，这让每个人都心烦意乱。妈妈因为家务事疲惫不堪，还要忍受我每天都要重复好几遍的"妈妈，这是什么呀"，难免不脸色苍白。有一次，我指着正在睡觉的外公问："妈妈，这是什么呀？"妈妈很不耐烦地回答说："嗯，什么也不是。"当然，比起我后来重复的"为什么"，这些也都不算什么了。

我长得很好，拉出来的屎又软又圆，非常好看，摔倒受伤也恰到好处。我在大家庭淡漠的动物性关怀中成长，百日那天揉捏高粱饼，周岁那天抓线团。我平安健康。乡下人的关系中健康地浸润着恩情这个词出现之前的恩情、关心这个词出现之前的关心。舅舅们已经不拿我不当孩子了，而是当成小大人。外婆总共生了六个孩子，从来不拿小孩子当回事，她对我的态度也是这样。我长着湿漉漉的短舌头，就从最古老的话语学起。那些话无关出身和背景，外祖父、爸爸、舅妈都曾说过。这就像祖先们流传下来的排球，爸爸的爸爸从未遗落地传递过来，最后终于被我接住了。当我第一次喊出"妈妈"的时候，大家纷纷鼓掌，也许正是因为这个缘故吧。

　　当时到底说过什么话，我已经无法记清了。很少有人能记得语言的受限部分，也就是与同心圆的最内侧相接触的经历。也许因为那是最早到达的边缘圆的缘故吧。别的我不知道，我只想知道神为什么要让人们忘记自己第一次与语言相遇的瞬间。神让我们相遇之后永不相遇，让我们先学习，再忘记，然后重新学习。这真是奇怪。无论如何，我毕竟是在外公家而不是在别的地方学会了说话，这个事实让我心满意足。外公的家，外面的家，这种感觉不错。

4

"阿美……"

我突然醒过神来，环顾周围。我看见妈妈斜站在门口。妈妈背对着黑漆漆的客厅，声音沙哑地问道：

"干吗这么惊讶？"

三十四岁。看似永远也洗不干净的疲惫犹如煤烟般笼罩了妈妈浮肿的脸。

"啊，没什么，我上网呢。"

我连忙关闭做好的文档，屏幕上显示出门户网站。

"你应该早点儿睡觉，明天还要去医院呢。"

"嗯，马上就睡。"

"血压药吃了吗？"

"吃了。"

"镇痛剂也吃了吗？"

"当然了。"

"关节药呢？"

"我都说过了。"

"胃肠药呢？也吃了吗？"

"哎呀，妈妈。又不是一两次了，我自己都知道怎么办，你就别担心了。"

妈妈好像很尊重青春期的儿子的领地，并不轻易进来，只是站在门槛上磨磨蹭蹭。忘了什么时候，我恳请妈妈以后要敲门。当我说出"敲门"二字的时候，妈妈的脸上立刻布满了失落，直到现在我还记得当时的情景。

"妈妈……"

"嗯？"

"有事吗？"

"没有，这里亮着灯，我就过来看看。梦也挺吓人的。"

"妈妈看起来有点儿累。"

"是啊，真奇怪，休息的时候反倒更累。"

"做了什么梦？"

妈妈迟疑不决地答道：

"水梦。每天都这样。"

"咦，这次又是什么情况？"

"我应该把你捞上来，然后醒来的，可是……"

妈妈打心眼里感到遗憾。

"妈妈……"

"嗯。"

"今天我也想做个梦，我要做个我当游泳运动员的梦。要是可以的话，我还要游到妈妈的梦里，优雅地给你跳水中芭蕾。"

"不会漂走吗？"

"不会漂走。"

妈妈笑了，声音沙哑了。

"你这样的孩子……"

"……"

"不该生病的。"

我眼睛深陷，没有眉毛，我呆呆地望着妈妈，犹豫良久，不知道该怎么回答，终于小心翼翼地说道：

"妈妈，像我这样的孩子……"

"嗯。"

"像我这样还算不错的孩子……"

"是啊。"

"只有像你们这样的父母才能造就我这样的孩子。"

"……"

顷刻之间，妈妈思考这句话是什么意思，最后露出了浅浅的微笑。

"别上网了，快睡吧。你要总是这样，我就不让你玩电脑了。"

几个月来，我都在断断续续地写东西，有时候一天一页，有时候一天几行。至于要写什么、怎么写，现在还是秘密，我的目标是明年生日之前把稿子写完。出院之后我跟爸爸妈妈说要台笔记本电脑，事实上也是因为这个缘故。我们家的客厅里已经有个非常古老的台式机，不过总是出故障，家人们轮番上阵，根本不知道爱惜。更有甚者，有的人只要屁股粘上电脑椅，压根儿就想不到起来了。我们全家人就像七十年代在公共厕所前排队的贫民窟居民，满脸焦急地等待轮到自己。要是爸爸坐下了，我心急火燎；要是我在网上冲浪，妈妈就连使眼色。坦率地说，我觉得爸爸用电脑做的事情全然无用。当然了，爸爸肯定也认为儿子的疯狂点击令人心寒。

我关闭刚刚看过的文档，又打开了新窗口。妈妈的突然闯入打断了我的思路，而且今天的目标量已经完成，最好干点儿别的事。打开新窗口，搁置已久始终没有解开的问题跳了出来。钻研留给自己的作业是我的老习惯。没有人给我出题，我就既当老师又当学生，借以打发时间。有的作业很快就能解决，有的作业却不是这样。有的作业有标准答案，有的却没有。有时候，我感觉出题要比解题更有意思。然而不管怎样，解题的人也是我。背星座、画全国地铁路线图、调查世界上的树木，诸如此类，很多都是没用的事。最没用的还要数"写作"。没有固定的格式，没有什么规则，我只是习惯于记录每时每刻好奇的事情。

人为什么要生孩子？

长大后，我常常焦急地盯着闪烁的电脑屏幕。这个问题让我苦恼了好几天，却还是想不出答案。假如我去上学的话……会不会容易点儿？虽然我也感到遗憾，不过对于学校的迷恋和幻想，最好还是尽快摆脱。关于我们国家初高中学校的教育过程，我也大概了解，可是我并不清楚同龄人在学校里究竟学些什么。"不知道"，这个事实常常让我很不安。好像他们知道的我也应该知道，好像这样就能接近某种"普通"的标准，然而从哪里开始到哪里结束才是普通，学习和感觉到什么程度才算恰如其分，这些我都不得而知。所以我只能选择"车到山前必有路"的学习方式。虽说这样既不系统，又没头绪，不过有总胜于无，过总胜于不及。再说了，将来即使碰到什么话题，我和朋友们也能交流。

　　双手抱在胸前，我久久地注视着显示器，最后放弃写答案，打开新窗口。我决定先做今天的作业。我在空白文档里记下今天要做的事。

　　看到爸爸妈妈年轻时候的照片，做何感想？

　　书桌前已经摆好了我从家庭相册里抽出的照片。那时爸爸妈妈生下我没过多久，就去村里的照相馆照了这张相。

　　手很嫩……

　　妈妈和爸爸看着照相机，脸上带着似是而非的微笑。那时还不满百天的我坐在妈妈的膝盖上面，眼睛盯着别的地方。我和十七年前的父母视线交汇，怜悯地笑了。也不知道为什么，我总感觉他们两个是冲着照相机背后的时空，也就是现在的我微笑。我在空空的屏幕上记下最初的断想。

　　为什么不管多年轻，父母都有着父母的面孔？

　　好像不只是我的爸爸妈妈给人这样的感觉。前几天我在看电视的时候，也有过类似的印象。那是晚饭时间偶然看到的真人秀节目，里面是十几岁的年轻夫妇，刚刚组建家庭。他们很纯朴，住在狭小的房间里养育刚刚出生的孩子。那个跟我同龄的男孩子到便利店偷奶粉，结果被抓获，事情被报道之后，引起了广泛的同情，这个家庭随之成为人们热议的话题。画面上，他们的脸庞和普通的青少年并没有什么不同。说话语气和衣着打扮也是，而且他们也喜欢快餐和偶像歌星。更为巧合的是，那张不知世事无情的脸也是十七岁的脸。只是眼神，蕴含于两眼之中的气息似乎有些不同。那里巧妙地交织着要为新生命负责的疲惫和悲伤，还有自负。

这个……应该叫什么呢……？

我冥思苦想，最后写下了这样的句子，"这个……应该叫什么呢……？其实就是父母的面孔。"所谓父母，正因为被叫作父母才成为大人；所谓大人，好像并不一定都能成为父母。我久久地凝视着照片里的两个人。眼睛年轻、脖子年轻、头发也很年轻的父母，好像有点儿流里流气，而且年轻得令人心酸。我抬起手来，仿佛从一个世界伸向另一个世界，小心翼翼地抚摸着他们的头。

当然，也有相反的情况，比如邻居张爷爷。他们家生活着六十岁的张爷爷和他年逾九旬的父亲。也不知道他都做错了什么，这位六十岁的老人家动不动就挨骂。为了躲避高声咆哮的父亲，张爷爷冲出了大门。这时候的他简直就像个七岁的小男孩。我走到沮丧地坐在水泥墙下的张爷爷身旁，跟他肩并肩地晒太阳。

"爷爷，您又挨训了？"

"嗯。"

"为什么挨训啊？"

"这次我也不知道。他训我，我就挨训了。"

"爷爷，你是不是很委屈？"

"嗯，其实在家里倒没什么，只要不当着孩子们的面儿就行了。"

他说的孩子们是指比自己年轻的敬老堂里的老人。虽然他经常在我面前说自己父亲的坏话，不过我还是能从他的眼神里感觉到欣慰，毕竟这个世界上还有人把他当成孩子。没过多久，我就能通过他的脸色判断他的父亲是不是在家了。于是，我在前面那条笔记下面补充了相似的问题。

为什么不管多老，孩子都有着孩子的面孔？

刚才还让我百思不得其解的问题忽然冒出了线索。

人为什么生孩子？

为了不让刹那间的阳光离我而去，我赶紧敲打键盘。

人们渴望让自己没有记忆的生活重新来过。

写完之后，我感觉好像真是这样。谁也不可能清清楚楚地记住自己的小时候，尤其是三四岁之前的经历根本无法彻底复原，所以人们就通过子女去回望，重新经历那段时间。啊，我还在吃奶呢！啊，我撑起脑袋了！啊，我用那种眼神看着妈妈呢！人们看见了原本看不见的自己。自从做了父母，人们重新变成了孩子。难道这就是人要生孩子的理由吗？我的爸爸妈妈有着从三岁就开始衰老的孩子，他们通过我又看到了什么……很快，我又遇到了新的问题。

上帝为什么制造我？

很不幸，这个问题我还没找到答案。

5

爸爸的商店在市区，从外公家坐公共汽车需要三十多分钟。郡里的居民除了农夫就是渔夫，而这个地方聚居着很多衣着光鲜、能言善辩的人。这里不叫什么什么洞，人们直接称之为市场。人都是"市场人"，做的事也是"去市场"。别看只有政府机关、茶馆、酿造厂、钢琴学校和澡堂，当地居民却都有着地方社会特有的优越感。表面看不动声色，事实就是这样。正如青蛙看不起蝌蚪，乡下人面对穷乡僻壤的人也会显得得意扬扬，自命不凡。

说起市场，妈妈和爸爸也都知道。因为那里有妈妈中途辍学的女子高中，附近还有爸爸最早获悉妈妈怀孕消息的咖啡馆。外公把退伍之后整天游手好闲的四儿子交给了女婿。商店步入正轨之前，四舅都在帮助爸爸。他想的是顺便学习将来需要的本领和眼光，积累点儿经验。开业很顺利，早已在镇上立住脚的舅舅们提供了各种各样的帮助，比如费用估算和介绍店址等。商店位于"罗德奥街"，也就是市场的繁华街道。市场也有十字街道，聚居着很多赶时髦又能赚钱的人。耐克卖场干净整洁，这点很让爸爸满意。虽说是按照总店的要求和标准设计装修，不过像这样舒适和清新的商店乡下还不多。妈妈也不讨厌自己突然变成了老板娘。两个人惊奇地发现身边竟然有那么多贵得想都不敢想的东西，而且是很随意分布在四周。更令人惊讶的是很多人竟然买那么多，而且买得泰然自若。妈妈经常以看店为由把我交给外婆，自己到市场去玩。爸爸希望生意尽快有起色，妈妈坐在他的旁边扯着没有的闲话，或者也找韩秀美聊天。虽然话题离不开育儿和生计，不过韩秀美总是认真倾听，并不讨厌朋友的闲谈。妈妈很骄傲地送给韩秀美印有耐克标志的粉红色运动服做礼物。韩秀美面带笑容，坏坏地说道：

"喂，是不是荷尔蒙让你夸大了我们的友谊啊？"

韩秀美没说很漂亮很感谢等老生常谈的客套话。妈妈也很喜欢她的反应，同样报以坏坏的嬉笑。

"过得好吗？"

韩秀美用吸油纸点了点鼻梁和额头，问道。

"怎么好得了。"

"又怎么了？"

"唉，没想到家务事这么麻烦。"

"傻瓜，连这个都不知道，为什么要急着嫁人？"

"怎么也没想到会达到这种程度。"

妈妈严肃地注视着桌子上的水杯，解释道：

"单看这杯水就知道了。我们家大洙爱喝大麦茶，得烧开水吧？你看，一杯水端上饭桌，那得需要多少程序啊。必须烧水、放凉、清洗水壶、给水瓶消毒，然后要往瓶子里倒水，再放进冰箱……这么麻烦烧的水，不到两天就没了。以前喝水什么也不想，唉，生活真不简单啊。"

"啊，真的，我喝水的时候也是从没想过这些。"

"是吧？做饭和清洁就更不用说了。秀美啊，将来你千万不要因为饭菜跟妈妈斗嘴了，知道吗？星期天你要帮着做点儿家务活儿。"

"你这家伙，怎么说起话来像班主任似的？"

"嗯，早知道这样，我就再玩几年了。"

几天前仿佛还在晚自习之后去练歌房里故作矜持的闺蜜，现在却过早地感叹起身世，韩秀美笑了笑，问道：

"阿美长大了吧？"

"嗯，有点儿敏感，不过长得挺好。对了，你知道吗？小孩子竟然不知道自己的胳膊是属于自己的。"

"真的？"

"嗯，再长大点儿才能知道。以前阿美也这样。躺着的时候，他使劲盯住自己的胳膊，好像觉得很奇怪，总是要乱动。好玩儿吧？他那样做是想让自己相信胳膊是自己的。"

"家庭课上要是不讲那些怪怪的东西，讲点儿这些该多好啊。"

"是吗？那我来教吧？"

"求求你快来吧。我的综合成绩就拜托你了。"

韩秀美使劲吸着巧克力奶昔，酒窝都要裂开了。

"对了，会说话了吗？"

"现在只能说简单的。"

"那就好，你不是一直担心吗？"

"嗯，不过他见个男的就叫爸爸。见了舅舅这么叫，隔壁的叔叔也这么叫。"

"真的吗？"

"对，这个年龄段的孩子好像都这样。大洙也说上次去哪个幼儿园送外卖，孩子们像小狗似的围上来，异口同声地管他叫爸爸，他都快吓死了。"

两人喋喋不休地闲聊了将近一个小时。过了一会儿，韩秀美故作深沉地说道：

"美罗，有件事我很好奇。"

"什么事？"

"你为什么喜欢大洙啊？"

"啊？你怎么冷不丁地问这个呀？"

"你不是说过，不管男孩子怎么追你都不动心吗？当时是怎么回事，那个农高学生吃药的时候你也无动于衷。那怎么和大洙……"

妈妈似乎有些害羞了，用手捂着嘴笑了。

"这个……也就是相互聊个天。"

"聊天？"

"刚开始我也没什么感觉，后来不知怎么，就一起聊了很多。聊成绩，聊家里的事……后来有一天，他跟我说不想回学校了。"

"是吗？"

"嗯，他说自己也没什么理想，也没有想做的事。"

韩秀美瞪大了眼睛。

"那你还喜欢？"

"什么？"

"没有理想，什么也不做……这样的男人你也喜欢？怎么会呢？"

妈妈垂下眼皮，不停地用吸管搅着桃汁。

"嗯。"

"……为什么？"

"因为我也这样……"

韩秀美愣了愣，然后使劲靠近妈妈。

"咦，不对啊，你不是有自己想做的事嘛。"

"嗯，所以我才知道啊。"

"什么？"

"这个……应该怎么说呢？嗯……你小的时候有没有往衣柜里藏过呢？焦急地想知道父母会不会找到自己。"

"哦。"

"长大以后，我还跟自己玩过这个游戏呢。"

韩秀美听得目瞪口呆了。

"起先我觉得很有意思，不管过去多长时间，我都不会找到自己。我就在柜子里不安、疑惑、焦急、忧郁，后来又觉得要是现在出去的话多难为情啊，干脆就这么待下去吧。"

"什么呀，别绕弯子，痛快点儿。"

"这可是大人说话，你怎么顶嘴啊？"

"喂，你算什么大人啊？"

"结了婚当然就是大人。反正你别插嘴，听我把话说完。我不是喜欢大洙没有梦想，而是被他假装没有梦想的样子吸引住了。他的身体里好像也有和我相似的箱子……"

"……"

"唉，不管了，就那么回事。"

妈妈有些扫兴，试图打住话头。韩秀美依然打破砂锅问到底。

"还有呢？那为什么喜欢？"

妈妈看着天花板，眨了眨眼睛。

"怎么说呢……为什么喜欢？嗯，这个嘛，的确有过这样的事。有一天，大洙跟我说他不想回学校了，我问为什么。大洙说他挨打太多了，老师也揍，前辈也打。迟到了当然要挨揍，即使老老实实也会打你个面貌丑陋，快活的时候就打你个得意忘形，做好了也要打你个自命不凡，做得不好那就打你个狗屁不是，反正是挨打不计其数。有一天，大洙在比赛中顶撞了裁判，结果让前辈们打了个半死。他们说就因为你，我们也在大会上被点了名。原来体高不流行打脸吧？可是那天大洙被打得鼻青脸肿，鲜血直流，真不是开玩笑呢。"

"天啊。"

"那天大洙满脸是伤，一瘸一拐地回到了宿舍。有个同级的小子正蹲在地上，还脱了裤子。那家伙脑子不太好使，不过跑步很快，听说还在全国运动会上拿过奖牌呢。电视里面是不是也经常出现这样的孩子？这家伙的妈妈有点儿特别，坚持把孩子送到体高。据说初中时候也没送到特殊学校，而是送到了普通学校。"

"是吗？"

"这家伙很黏大洙，总是跟在屁股后面喊，大洙，大洙。他还经常拿出自己藏好的点心给大洙。你也知道，大洙这个人很善良，也就收下了。大洙就跟他共用宿舍。那天，大洙挨完群殴回到房间，结果发现那小子正蜷缩着身子打飞机，门都没上锁。他就蹲在角落里哼哼唧唧地叫唤。看到这样的情景，大洙当时就火冒三丈，于是毫不留情地揍了那个家伙。他也不知道自己为什么这样，像疯子似的暴跳如雷，拳打脚踢了半天。那家伙都没来得及提裤子，只能眼睁睁地挨揍……"

韩秀美轻轻地说了声，哎呀。

"从那以后，大洙就不想再回学校了。他好像从来没跟别人提过这事吧？别看他声音很平静，看他的样子都要哭了。"

"然后呢？"

"嗯？然后什么？"

"我问你怎么办？"

妈妈犹豫片刻，回答说：

"……那还能怎么办？你这个死丫头，睡觉了呗。"

"啊……"

6

　　编故事比我想的难多了。人物、地点、时间要面面俱到，还要费心打磨句子，总之很不容易。起先我的想法很简单，只要"如实记录过去发生的事情"就行了，等到真正开始之后，我又想写得更有趣，更有滋味。写作需要每个瞬间都做出决定和选择，然而我又不确定自己做得好不好。我的故事经常中途停顿。每当这时，我都感觉自己变成了被遗弃在北极的孤零零的企鹅。这样的瞬间真是既茫然又恐惧。这时我只好抓住爸爸妈妈。我反反复复地追问他们两个人年轻时候的故事，央求他们说得多点儿，再多点儿。

　　"啊！爸爸是想成为跆拳道选手吗？"

　　"不是。"

　　"噢？难道你不是因为想当跆拳道选手才去体高吗？"

　　"不是。"

"那你想当什么呀？"

"不太清楚。所以就去了，体高。"

"你不是挺擅长嘛，运动。"

"嗯，是啊。不过，跆拳道让我满意的地方也就是道服。"

"那你明明做得很好，却不喜欢，这可能吗？"

"是啊，很多人都这样。我的朋友还有是全校的数学尖子呢，我也从来没听他说过喜欢数学。"

"啊。"

"这样说有点儿不好意思，可是世界上的确有很多人不喜欢自己的父母也能尽孝，所以你千万……"

"嗯。"

"千万不要努力对我好，明白吗？"

"爸爸……"

"嗯？"

"你说这些干什么呀？"

"嗯？"

"求求你了，说点儿有智慧的话吧。"

"阿美。"

"啊？"

"哪怕你将来比我老了，也不能看不起父母，尤其是体高出身的父母。他们对这个事都很敏感。"

"嗯。"

"还有啊，你知道什么人比体高出身的父母更敏感吗？"

"不知道。"

"那就是被体高赶出来的父母啊……"

"啊……"

妈妈的情况要好些。妈妈就像得了语言饥饿症的人，说起来喋喋不休。妈妈的话里有很多副词、形容词和感叹词，任何细微之处都不想放过。从当时流行的衣服、歌曲和校服款式到咖啡馆的内饰和菜单，妈妈娓娓道来，巨细无遗，而且对故事里出现的人物也会长篇大论。单是听完五位舅舅的人生履历，我就用了整整一天时间。妈妈的故事冗长而絮叨，不过也更生动和具体。我首先积极追问必要的东西。

"对了，妈妈……"

"嗯？"

"哦，那么，你和爸爸怎么……？"

"相遇？"

"不是，这个刚才说过了，你们怎么……？"

"什么呀？"

无论怎么抓耳挠腮，我都想不出合适的词儿，只好兜着圈子追问。

"怎么想到要制造我？"

刚才还滔滔不绝的妈妈犹豫了。

"啊？"

妈妈略作迟疑，豁出去了似的说道：

"真想知道？"

我点了点头。

"嗯，这个怎么说呢。我的肚子鼓到这么大的时候，你的某个舅舅就去跟外婆说，妈妈，你看那家伙，没人教的事怎么也会呢？"

"然后呢？"

"然后你外婆当场就说，那事谁都不用教，白痴都会。"

"哈哈哈。"

我有些难为情，夸张地笑了。

"行了吧？妈妈要做饭了。"

"可是妈妈……"

"啊？"

"爸爸是妈妈的初恋吗？"

"……"

"妈妈？"

"怎么了？"

"我问你爸爸是不是妈妈的初恋？"

"当……当然了，臭小子。哎哟，妈妈忙着呢。好了，过去吧。"

　　两个人的说法经常出现分岔，不仅记忆偶有相悖，解释也会不同。妈妈说是韩大洙追的自己，爸爸说是崔美罗先向自己示好。就连妈妈最早在爸爸面前唱歌的时间、两人初吻的时间，他们也都朝着有利于自己的方向回忆。从我的立场来看，真相既不在妈妈这边，也不在爸爸那边。我站在故事这边。等到将来真正需要的时候，我说不定也可以站到妈妈和爸爸的立场上去。

"那后来怎么样了？"

"什么？"

"妈妈呀，唱歌了吗？"

"嗯，这个嘛……"

"啊，等会儿！"

"怎么了？"

"其他的部分留到明天再讲好吗？眼睛有点儿发涩，身体好沉重啊。"

“怎么了，小家伙，我正讲得来劲呢。”

我用手敲着肩膀说：

“哎呀，看来爸爸年纪也大了。”

无论我问什么，爸爸总是围绕事件本身说得简单明快，妈妈却要迂回曲折地添加自己的感想。两个人的故事或重叠，或交错，或歪曲，最后都流进我的心里，就像爆炸之前的宇宙大气，正在辽阔地汹涌激荡。我打算用这些材料做点儿什么。当然了，我不会让任何人知道那将成为什么，连我自己也不知道，我要让美丽越发美丽，不要让它的命运像通过人手刚刚出生便死去的小狗。我要让美丽顺利出生。听着爸爸妈妈的故事，有时我希望快点儿结束，有时又担心是不是真的要结束了。然后呢？真的吗？那是什么呀？为什么？哇！我叽叽喳喳，又兴致勃勃。如果人老了，喜欢诉说会胜过倾听，而我这样催问爸爸妈妈，显然我还是个少年。

7

我们在医院做的事情通常都很相似。按照规定的程序检查，按照规定的程序失望，听他们说"恶化了""继续观察"，或者"虽说不能保证……"走过铺满好奇和厌恶、怜悯和叹息的长走廊。痛苦的人看到更加痛苦的人，努力掩饰脸上掠过的欣慰眼神。有时侧耳倾听健康人之间的鸡毛蒜皮的谈话和笑声。我的身体详细回答我的问题。我的身体就像我的主人，而我已经屈服。凝视着密密麻麻写满莫名其妙的名称的处方笺，好像在读情书……这就是我们在医院里做的事。我们不能放弃。

检查项目多种多样，放射线检查、临床评价、心脏超声波、骨密度测定、视力、握力、小便、心电图检查……此外还有很多。我主要是和小儿青少年科的医生们交流，不过也要接受整形外科、胸外科、神经外科和口腔外科等方面的诊疗。根据情况不同，有时一次全部做完，有时只要去两三个地方集中检查。我得了飞速衰老的病，可是我知道世界上没有哪个地方能治疗衰老本身。如果说老化也是病，那它就是人类无法彻底治愈的顽症，正如人类不可能治疗死亡……我们能做的就是发现尾随老化而来的各种症状，延缓器官衰竭的速度。别看只有十七岁，我长这么大也明白了一个道理，人世间唯有肉体之痛专属于你自己。这种痛别人无法理解，更不可能与人分享。"内心的疼痛超过了身体的疼痛"，直到现在我都不相信这句话。要想心痛，至少你得活着吧。

我耗费了生命中的大部分时光，用来明白自己有身体这个事实。正如没有哪个时刻像长鹅口疮的时候那样经常想起舌头。我必须非常细致、具体地意识到各个器官。别人把骨头叫作骨头的时候，我知道不能简单地称之为骨头。别人把肺叫作肺的时候，我知道不能简单地当成是肺。就像医科大学生通宵背诵的数百个名称一样，我知道的单词上面挂满了它们附着到我身体之前隐忍的时间。每次都要想起自己有皮肤、心脏和肝，还有肌肉，这真是一件痛苦的事。无论肉体和精神有着怎样亲密的关系，偶尔也有需要相互分离的时刻。健康的恋人，或者情投意合的夫妻，他们也是如此。我羡慕对健康无知的健康，也羡慕对青春无知的青春。

我早就放弃了可以治愈的希望。但是我并没有因此垂头丧气，好像生活快要完蛋了似的。我们竭尽所能，目的不是消除痛苦，而是减少痛苦。今天，我和妈妈也还是并拢双膝，谦虚地坐在诊疗室的某个角落，原因正在于此。

　　"黄斑变性吧？"

　　我和妈妈面面相觑，不知道是什么意思。每当医生们说出我们从未听过的单词，我和妈妈都会情不自禁地紧张起来。

　　"这儿，右边。"

　　主任医师轮流打量着电脑屏幕和诊疗卡，接着说道：

　　"这段时间头疼得厉害吧，感觉到了吗？"

　　我摸着黄肿的指甲，小心翼翼地回答道：

　　"啊？不知道啊。有时候字体显得很模糊，我还以为是最近电脑用得太多了。"

　　妈妈好像很焦急的样子，突然插嘴问道：

　　"那是什么呀，大夫？"

　　"成年人出现这种情况比较多，视网膜上增加了老化堆积物，导致视力细胞被破坏。"

"是不是青光眼？"

"嗯，有点儿相似，不过青光眼的病因是眼压……这种情况大部分是堆积物的缘故。如果是湿性，还能通过激光进行某种程度的阻挡，如果是干性，治疗起来会很难。"

"阿美属于哪种情况？"

医生悄悄叹了口气，说道：

"干性。"

"……"

我没有像往常那样，努力借助医生说过的话去追寻没有说出的话。这次我不想独自猜测了，我渴望直接听到医生的意见。

"那我的眼睛会怎么样？"

医生看着妈妈，好像在征求监护人的意见。我也望着妈妈。妈妈踌躇不决，最后终于点了点头。

"右眼视力会急剧下降，看东西感觉模模糊糊，好像蒙了层雾。这样也容易引起眩晕和呕吐的症状。同时左眼也有危险，需要服用抗氧化维生素，外出的时候还要注意紫外线。现在能做的也就这些了。"

妈妈沉默了。也许难以启齿的问题正在她的心里翻涌。我也怀着同样的恐惧。无论是肝伤还是胃痛，似乎都还可以忍受，然而想到眼睛会看不见东西，我真的很害怕。我感到窒息，仿佛上帝真的要给我孤独。好像有人催促在监狱里度过终生的我,你辛苦了,现在去单间吧。

"大夫,我的左眼还没事吧?"

"不好说,还需要继续观察。"

我久久地眨着眼睛,分不清这是什么意思,究竟是没事呢,还是将来会好起来,还是压根儿就好不了。

我在胸外科听到的消息也很不好,整形外科是这样,口腔外科也不例外。那天,我们学会了新的道理,那就是坏消息无论怎样重复还是无法适应。早已熟悉的小儿青少年科医生说我的身体年龄被测定为八十岁,再不住院,治疗就很难进行了。那位从不刮胡子、让人感觉像土匪的胸外科医生恼羞成怒,你知道这孩子的心脏是什么情况吗,必须让他马上住院。他还说,人没有腿没有眼也能活,没有心脏就活不了。他粗暴的话语令人毛骨悚然,这孩子的心脏里带着定时炸弹,谁也不知道什么时候爆炸,赶快住院。有的肌肉已经变黑,所有的医生都感觉意外,诊断也很果断。我在内科听说食道和胃因为药物而严重溃烂。整形外科说我的身高也从130厘米下降了2厘米,骨密度也降低了。妈妈到处挨批评,受数落,整天萎靡不振。然而无论走到哪个部门,妈妈都不敢说:"马上让他住院。"我们家的债务已经压得她喘不过气来了,而且赚的钱又有限。

走出医院，我轻轻地拉住妈妈的衣袖。

"妈妈……"

"嗯？"

"别人都在看我们。"

妈妈满不在乎地说道：

"也许是我太漂亮了。"

妈妈长着黑痣的脸上带着骄傲的微笑。眼角厚厚的粉底霜沿着皱纹裂开，犹如手掌。妈妈因为长期劳作，骨节粗壮得像男人，她用自己的大手紧紧握住我的小手。妈妈昂首挺胸地前行，仿佛在说，"怎么了？我可是十七岁就生孩子的女人啊！"仿佛别人的目光早已被她抛到九霄云外了，我们没做错什么，我们不会逃跑。只要和我在一起，无论走到哪儿妈妈都不会匆忙赶路。她也不会去想赶快逃离别人的视线，无论是在地铁，还是在传统市场，妈妈总是步幅均匀，走得自然大方。反而是我在催促妈妈。我希望能够稍微减轻妈妈的尴尬，动不动就拉拉妈妈的裙摆。今天也是这样，我感觉肚子饿得要命，于是催促妈妈走快点儿。也许这样有些不自然吧，妈妈停下脚步，俯下身子，紧盯着我的脸。

"阿美……"

"嗯？"

"你从什么时候开始生病的？"

"三岁……妈妈不是这样说过嘛。"

"那你病了多长时间？"

"嗯，十四年。"

"是啊，十四年。"

"……"

"那么长时间你都坚强地挺过来了，现在也没放弃，还在接受检查，对吧？很多人因为扁桃体发炎就要疯了呢。一天一天，十四年。我们太了不起了。所以……"

"嗯。"

妈妈压低嗓门儿，温柔地说：

"慢点儿走就行。"

8

　我出门去前面的杂货铺。即使不忙，妈妈也故意让我跑腿儿，这是她长久以来的原则和习惯。我哎哟哎哟地捶打着胳膊和腿去买东西，站在带有铁制推拉门的入口，等待老板大叔回头看我。大叔的胳膊上长满了野兽般的黑毛，正在出神地看电视剧。那个电视连续剧描写同父异母兄弟的命运和复仇故事，已经是街谈巷议的焦点。过了一会儿，老板大叔竟然抽泣起来，还用手背擦了擦鼻涕。他无意间转过头来，发现了我，于是猛地站起身来。

　"啊？咦，要什么？"

　"一瓶牛奶，一千块钱的豆芽。"

　大叔往塑料袋里盛着豆芽，同时躲避着我的视线。我也顾左右而言他，摸索着落满灰尘的罐头说："不会吧，什么时候出了这么好的新产品？"

回来的时候，我遇见了张爷爷。爷爷身旁孤零零地放着把不知道从哪儿捡来的椅子，连扶手都没有了。张爷爷的眼里好像根本看不见什么椅子，径直坐在大门口，吹着初夏时节凉爽的微风。

　　"喂！好久不见了。"

　　张爷爷先跟我打招呼。

　　"嗯，您好。"

　　我轻轻地低下了头。

　　"去医院了吗？"

　　"是，刚回来。"

　　"那些医生都说什么了？"

　　我犹豫片刻，然后大声回答：

　　"对，他们说我能长命百岁。"

　　张爷爷好像觉得很有意思，忍不住哧哧地笑，豪爽地喊道：

　　"嗨，肯定是名医了。"

　　爸爸叮叮当当地吃完一碗饭，又盛了一碗。他狼吞虎咽地喝光了豆芽汤，看样子饿得厉害。我心满意足地凝视着食欲旺盛、血气方刚的爸爸，仿佛在看自己的孙子。

　　"爸爸？"

"啊？"

"这是我买的豆芽，你多吃点儿。"

嗯，爸爸敷衍着说完，转头去看正在热播的真人杂耍秀。他时而哈哈大笑，将饭粒喷得到处都是。爸爸总是那么天真烂漫，看来完全不知道今天我都经历了什么。

收拾完晚饭桌，我便进了房间。今天听了几位医生的恐怖而又习惯性的威胁，我的情绪很低落。坐在书桌前，我打开了笔记本。输入密码，开启韩文编辑系统，然后调出几个月前便已开工，直到前天还在改动的文件。每次都是这样，起先总是慢慢重读，然后开始充实后面的故事。只有这样，衔接才能圆滑，通读起来节奏才会显得自然。我深呼吸，舒展双肩。我带着挑剔的目光浏览第一段，好像我天生就是为了给别人的作品挑错。

如果有风，我心里的单词卡就会轻轻翻动。那些词语犹如被海风吹干的鱼，缩小我身体的尺寸，却拓宽了外部的边界。我回想起小时候最早念过的事物的名字。这是雪。那是夜。那边是树。脚下是大地。您是您……我身边的全部事物都是先用声音熟悉，再用笔画拼写。现在，我偶尔还会为自己知道那些名字而惊讶。

……"身体的尺寸"直接换成"体积"怎么样？不行，两段之后又要出现"体积"这个单词，最好是开头就做解释。意思固然重要，字数也很重要，还是应该采用符合读者的呼吸节奏，又能照顾韵律的词汇。"笔画""铅字"和"文字"，哪个最合适？三个单词的含义没有区别吗？不过，既然说是"拼写"，那么选择"笔画"应该最为恰当。因为那个时候的孩子还不会写字呢。对了，上次是不是也为这个问题烦恼了？那么现在就不能再犹豫，而是应该继续前行。否则，等到二十岁生日了还结不了尾。然后呢……除了"偶尔"，还有没有意思相近的字眼？"常常""间或""有时"，还是……

夜晚的空气炎热而沉闷。窗边飘来奇怪的腥味，好像是胡同那头的垃圾的味道。夏天是腐烂的季节。一切都在飞快地生长，一切都在飞快地腐烂。我身上几乎没有汗毛，所以只要气温稍微升高，我都会汗如雨下。我仔细斟酌着下一句，再下一句。昨天、前天都在做同样的工作，可让人新奇又令人灰心的是，每次重看都会发现瑕疵，因此我不能停下来。

爸爸没头没脑地说起自己是个多么糟糕的男人。一会儿说他绝对当不了好爸爸，一会儿又说他太穷了；一会儿说他害怕让别人失望，一会儿又说家里好像还有癌症病史，反正是毫无逻辑，毫无头绪。

……要不要把"癌症病史"改成"亲日派"？咦，没有这样的事啊？稍微违背事实又怎样？反正已经加入很多想象成分了。不，那也不行，总得事实比想象多吧。只有这样，他们两个人读的时候才能知道这是自己的故事。再说了，侮辱爸爸的祖先不就是侮辱我的祖先吗？我也不喜欢让自己变成没有根源的孩子。爸爸读到这儿的时候会说什么呢？我把他写得像个傻瓜也没关系吗？反正不管怎么说，我更喜欢有趣的爸爸，而不是帅爸爸……

我摘下眼镜，揉了会儿眼睛，然后继续盯着电脑屏幕。这时我忽然想起了白天听医生说过的那个单词，"黄斑变性"。我用手遮住一只眼睛，注视着稿子。左眼一次，右眼一次。然后再右眼一次，左眼一次……我感觉半边胸膛火辣辣地疼，却分不清是心痛还是因为心脏出了问题。我咽了口唾沫，继续埋头于刚才的工作。无论有什么理由，必须加快速度的事实始终没有改变。爸爸妈妈初次相遇到生我之后的风景已经写完，现在只要复原我病痛之前的时光就行了。也就是离开故乡之前，我们家短暂而幸福的三年。当然，我也不能把那段时间写得完美无缺。我也不知道为什么，不过那样好像真的不行。我的计划是这样：写下很久以前爸爸妈妈的故事，等我十八岁生日的时候送给他们做礼物。过去我还是个孩子当然没表现出来，如果他们看到我的词汇有多么丰富，我的句子有多么流畅，他们肯定会很惊讶。只是我还不知道这会是什么样的故事，更不知道那时能不能完成。如果说我能送给他们两位什么东西，那应该不是优秀奖，也不是学士帽，而是"故事"。对我来说，短期之内好像没有什么更重要的事。我重新戴上眼镜，开始检查昨天夜里完成的段落。

那年冬天，爸爸的体育用品店关门了。持续不断的亏损让爸爸债台高筑。爸爸的商业手段本来就很陈旧，再加上全国性的经济不景气，乡下人的开销根本不足以维持高价品牌卖场的经营。恰在这时，外公也中风倒下了。平时外公血压就高，不过人们都嘀咕说是因为女婿断送了商店，才导致外公这个样子的。为了维持商店，爸爸直到最后还在竭尽全力。不过最多也就是在给体高的同级校友送货之后说"钱不急着给"，或者给初中的后辈们打电话，进行口头威胁。爸爸在房间角落里用手缠着电话线，责问那边：

"喂，上次我在娱乐室里都看见了，你穿的好像是阿迪达斯啊？"

于是，电话那头的后辈惶恐起来，尽管他没有做错什么。

"啊？没有，大哥。那都是冒牌货。"

"我明明看见了。"

"哎哟，大哥，不是正品。"

商店关门之后，包括爸爸在内，外公家的全体成员从头到脚都换上了耐克。仿佛在一夜之间，外公家变成了泰陵选手村①，或者也像带着黑社会组织嫌疑的家庭。甚至就连中风躺倒的外公，直到去世之前也要穿着胸口印有小巧标志的"运动服"。奇怪的是，这些全部都是真品，然而穿在我们家人身上却像假货。外公躺在单人房里，享受着他平生苛待的外婆的照料。外公行动已不可能，甚至说话也很艰难，那些借钱又没写借据的邻居们暗自庆幸。乖僻而顽固的外公想要给予女婿的辱骂和抱怨似乎很多，然而每当这时他能发出的声音也只有急迫而压抑的"啊啊啊"。当时，外公家以这种方式说话的人只有年幼的我和外公。不过外公的眼神还很生动，每次看到爸爸便会射出恼火的杀机。爸爸总是蹑手蹑脚，尽量避开外公的房间。走进房间，他好像又很无聊，于是用袖子擦拭写着"朋友有信"家训的镜框。爸爸哈出热腾腾的口气，有时甚至擦得闪闪发光。

---

① 1966 年韩国政府兴建的集中训练基地，位于首尔市卢原区孔陵洞，主要用于国家级运动员的训练。

长时间坐在笔记本前，我感觉身体发热，胸前也是大汗淋漓。写下几个句子，又是删改又是润色，不知不觉就过了十点。我开着笔记本，从座位上站起来，打算喝口水，上趟厕所，然后睡觉。我穿过黑漆漆的客厅，走向厨房。为了不吵醒爸爸妈妈，我故意蹑手蹑脚。那边透出依稀的灯光。也许他们觉得天热，稍微开着里间的门。门缝里传出隐隐约约的说话声，若有若无。

"五哥呢？"

"也说不行，我无话可说，五年前我们借的钱还没有还。"

我正喝着冷水，连忙竖起了耳朵。

"你呢？有没有想想办法？"

"后辈们现在都不接我的电话。"

漫长的沉默。

"担保金也花光了……怎么办啊？"

啊，他们又在谈钱！我感觉有些郁闷。唯有这个问题，我实在帮不了他们的忙。

"大洙，我们装疯吧，往那边打个电话试试？"

"哎呀！因为这事二哥都差点儿死了。还找到了尚赫的学校。哥哥家的狗耳朵也被钉上了订书钉。"

"唉，只是咨询一下嘛。"

"那些兔崽子，真是太恐怖了。"

"我也知道。可是我看到短信还是很纠结。"

爸爸妈妈压低声音讨论了很长时间。虽然我听不清他们说什么，不过我知道他们肯定在谈论我的话题。过了一会儿，妈妈的声音又传了出来。

"大洙啊……"

"嗯？"

"……"

"怎么了？"

"我是说……"

"……"

"没什么。"

爸爸好像很郁闷，催促着妈妈。

"怎么了？到底是什么事呀？"

妈妈犹豫良久，终于小心翼翼地开口了。

"我们……打个电话吧？"

"电话？给谁打？"

"秀美。"

沉默片刻，爸爸才做出反应。他的声音严厉而果断，我有生以来只听过几次。

"不行。"

"不管怎么样，如果我开口求她……"

"够了，烦死了。"

"那怎么办？"

"不是说过就当什么事也没发生吗？再说这还是我们主动提出来的，两次提出来。现在也没人保证说肯定能行。我们要是贸然行事，受伤的只能是阿美。"

我手里握着越来越冷的杯子，无法动弹。玻璃表面凝结着水珠，仿佛马上就要滑落。

"大洙，你不是怕自己受到伤害吧？"

我咽了口唾沫。里间的气氛很紧张。

"世上没有免费的午餐。像现在这个情况，孩子别说吃药，饭都没得吃了。"

爸爸还是不说话。

"现在必须住院了，医院说那是定时炸弹。"

我也不知道应该赶在什么时候回房间，还在犹豫不决。

"那……打个电话多少钱？"

爸爸的语气里听不出是好奇还是嘲笑。妈妈似乎感到羞愧，小声回答说：

"1000。"

不知道过了多久，我有点儿手足无措，好像既不能继续站在厨房里，也不能回房间。我不敢轻举妄动，生怕让父母尴尬。而且我从刚才就憋着小便，现在更迫切地想上厕所了。然而正在这时，里间再度传来窃窃私语声，我只好紧抓着膀胱，重新竖起天线。

"反正都是我的错。"

"什么呀。"

"最近我又想起那件事了。"

"美罗。"

"要不然还能是谁的错。"

"别说了，睡吧。"

"肯定是有原因的，不是吗？"

妈妈明显提高了嗓门儿。爸爸镇静地安慰妈妈。

"没什么原因，美罗。整整十年，我们苦苦寻找的不就是原因吗？阿美……没什么原因，就变成这个样子了。医生们也都说了，那不是遗传。"

"不是的，当时我要是不那么做，现在就不会这样了。"

"不是这样的，你想让我说几遍？孩子不会因为你跑几步就生病。当年我妈不知道已经怀上我了，大过年的还玩跳板呢，她生的孩子不照样很结实吗？"

"你妈是不知道，我是明明知道还跑。十圈、二十圈，甚至跑到心脏都要爆炸了。我彻夜不睡，围着操场跑啊跑啊……"

我悄无声息地关紧了门，靠在墙上。夜色漆黑，电脑待机画面发出幽蓝的光芒，隐约在闪烁。胡乱移动的影像就像海市蜃楼，又像鬼火。我用手捂住一只眼睛，继续观望。右眼一次，左眼一次。然后再左眼一次，右眼一次……没有眉毛的遮挡，额头的汗水径直流进眼睛，最后沿着脸颊流淌。我沉着地坐在书桌前，按下回车键，怔怔地注视着刚才还在精心修改的文稿。几个月来，这份稿子给了我不安和骄傲，也给了我喜悦。关闭窗口，进入"我的文档"，然后点击鼠标右键。

您确定要将该文件放入回收站吗？

我久久地注视着这个从容不迫却又很不吉利的句子，犹豫了很久，很久……结果，我还是按下了"是"。

9

　　早饭桌撤走以后，我们围坐在客厅里吃着红豆刨冰。古董电风扇艰难地旋转，每次转头都会发出哼哧的响声。隔壁家的电视声音透过洞开的窗户，隐隐约约地传来。休息日早晨的风景悠闲而又平常。我从刚才就已经观察过爸爸妈妈的眼神，于是故意舀满红豆冰塞进嘴里，露出豁达的神情。我觉得不能从一开始就进入正题。

　　"牙不冷吗？"

　　妈妈担忧地问道。

　　"多含会儿勺子就没事了。"

　　"故意没放水果和果冻，没事吧？"

　　"嗯，现在我也吃不了酸东西。"

　　爸爸耸了耸肩，插话说：

　　"刨冰本来就是这样吃的，只加红豆和牛奶。"

然后，他又像开玩笑似的故意刺激我的自尊心。

"也不知道咱家阿美能不能体会到这种美味。"

"我知道。"

"是吗？"

"嗯，如果我比现在年轻三岁，就不会知道有这么好吃。"

爸爸妈妈都对我侧目而视，仿佛在说这小子又在吹牛了。我搅拌着吃剩的冰块，像个孩子似的玩耍起来。透明的碎片闪闪发光，相互碰撞的样子很好看。我在心里对自己的右眼窃窃私语，好好看啊。

"怎么突然吃起刨冰来了？"

"孩子从昨天就缠着要吃，还说什么年纪大了，总想吃点儿有味的东西。"

爸爸连连咂舌。

"这个小东西……"

"嘻！其实这是张爷爷说的话，不过我也很有同感。"

妈妈气鼓鼓地嘟起了嘴。

"我讨厌那个爷爷。我不喜欢你和他说话。"

"咦？为什么？"

"难道他不奇怪吗？像个傻子。我听人说，他年轻的时候跟家人遭遇过什么事故，然后脑子就有些不正常了。"

爸爸默默地听妈妈说话，这时插嘴说道：

"那个老张爷爷好像也有些老年痴呆。"

我还是第一次听说这件事。

"不过现在还是初期，听说表面还看不出来。不过对子女的爱却毫不含糊。他该有多操心啊。"

妈妈轻轻地皱起了眉头。

"反正这两个老爷爷我都不喜欢。"

"为什么，妈妈？张爷爷不是不正常的人，我和他很聊得来，而且他懂得可真多啊。"

"反正就是有问题，要不然都那么大年纪了，怎么还两个男人住在一起。不管怎么说，就是不能和他们走得太近，知道吗？"

我叹了口气，发起了牢骚：

"哎哟，他们还能活几年啊。"

"……"

尽管我只是随便说说，然而气氛还是变得很尴尬。我想，这会儿应该转移话题了。

"爸爸？"

"嗯？"

“妈妈？”

“说吧。”

“我想……”

“嗯。”

“那个……我要参加秀美阿姨做的节目。”

刹那间，爸爸妈妈的脸上好像结了冰。怎么突然说这个；孩子怎么会知道这件事；他究竟知道多少。他们的脸上写满了混乱。我尽可能冷静地搪塞，说以前听见了妈妈跟朋友的通话，虽然事情都过去了，但我没有忘记。当我唠唠叨叨说这些的时候，妈妈和爸爸只是面面相觑。

“这位阿姨，我很小的时候她就是妈妈的好朋友吧？后来她跟电视台的导演结婚了。”

妈妈好像想起了昨天夜里的事情，满脸通红，有些不知所措的样子。首先开口的人是爸爸。

“韩阿美，别说废话了，快吃刨冰。”

“为什么？”

“什么为什么？我们已经决定了。”

“为什么我的事要爸爸妈妈来决定？这是我的事，难道我连选择的资格都没有吗？”

“真的吗？”

"我想去试试。别人不是都能嘛。再说也能得到实际的帮助，看看电视台的人也很好玩啊。"

妈妈看不下去了，连忙说道：

"那可不是好玩，阿美，很累呢。"

"再累也不过如此。"

"不行。"

"答应我吧，爸爸。"

"不行。"

"我就是想去！"

"喂,臭小子,我说不行就是不行。你这臭小子太缠人了,真是的！"

既然此路不通，那就改变战略。越是这样的时候，贫嘴饶舌好像是最好的办法。

"啊？那就是不让我住院喽？真的吗？咦，父母不能这样。你以为爸爸妈妈养孩子容易吗？"

我继续伸手去吃红豆刨冰，仿佛什么事也没有发生。然而我也不知道为什么，手上突然没了力气，勺子掉落在地。当——勺子在地板上蹦了起来，犹如尖锐的匕首，闪着冰冷而安静的光芒。原来握着勺子的手在空中簌簌地颤抖。大家盯着我的手，全都呆住了。

第
二
部

　　导演叔叔名叫蔡胜灿。胜灿叔叔和妈妈是初中时代的同级校友，大湖观光园区设立的时候从首尔转学过来。因为那些从大地方转来的学生们，当时乡下的第一名突然变成了第三名，十五名变成了二十名，抢走秀美阿姨第一名宝座的学生就是这个蔡胜灿。据说秀美阿姨在整个青春期都以怨恨和嫉妒的眼神看胜灿叔叔。

　　"那他们两个人的关系很不好了？"

　　妈妈咂摸着记忆，皱了皱眉头。

　　"怎么说呢，胜灿怎么样我不知道，秀美总是气鼓鼓的。"

　　"那他们怎么又成了夫妻？"

　　"这个嘛，妈妈也觉得很奇怪。我生你的时候好像是高二吧？秀美在咖啡馆里跟我说了，那时候我才知道，秀美早就喜欢上那小子了。"

　　我轻轻地说了声"嗯"，心里却想，如果长时间地怒视某个人，憎恨也会转变成好感。

"那胜灿叔叔喜欢的人是谁？"

"啊？"

"刚才妈妈完全没考虑胜灿叔叔的立场。妈妈和秀美阿姨是好朋友，可是很长时间里你都不知道阿姨的真心，这也很奇怪啊。"

"胜灿……"

"对。"

"这小子……"

我和妈妈视线相遇，连忙低下了头。我在心里喃喃自语，说吧，妈妈，快为你的青春骄傲。

"哦……谁也不喜欢。"

"不可能啊。"

"怎么不可能了，臭小子。成功本来就属于这种人。"

妈妈面带嗔意转过身去，看样子再也不想跟我说话了。等会儿胜灿叔叔要来我们家，妈妈也要做些准备。妈妈和秀美阿姨早就疏远了，这次联系也是暌违已久……胜灿叔叔和妈妈更是二十年不见了。

尽管妈妈不露声色，不过关于他们两个人的关系，我还是稍微能看出点儿端倪。几个月前我住院的时候，前来探望的小舅曾经说起过这件事。小时候，最让妈妈头疼的人就是小舅。他和妈妈相差一岁，平时就把翻看妹妹的日记和抽屉当作生活的乐趣。有一天，从来不爱看书的妹妹竟然读起了诗，小舅觉得很可疑，于是正式展开了调查。那是妈妈读初二，舅舅读初三的时候。舅舅在妈妈的书桌上发现了一封情书、诗集，还有磁带。诗集封面写着"悄然而立"，磁带上印着"维也纳童声合唱团"的照片。

"当时，这个穷地方的初中生很少有人送这样的礼物，何况还是男孩子。最多送个巧克力和玩偶，还有就是流行歌曲专辑。"

我问那封信现在还保留着吗？舅舅的回答摧毁了我的期待，"我们家不是保存那种东西的家庭。"舅舅说从那以后，他就经常看见妈妈翻开习题集，听着"维也纳童声合唱团"的歌发呆。舅舅还说，人在青春期的时候最丑陋，不过大家都不好看，都不好看的人在一起反而很有激情，真是奇怪。

"舅舅不这样吗？"

"当然，我也是。"

"对吧？我就知道是这样。"

"每次走到故乡附近，现在我还会很扫兴。那里不是有很多穿着校服的孩子嘛。乡下的时间好像在倒流。怎么这些孩子比我小时候还土气啊，哎哟。"

"改变的不是村庄，而是舅舅。"

"你以为我不知道吗这个，才这样说的吗？小孩子家在大人面前胡说八道。反正每次看到故乡的女中学生，我都会很不高兴地想，'唉，我竟然因为这样的女孩心跳加速，无法入眠。'其实呢，我肯定也是这样不成熟，土里土气。肯定也有人喜欢那样的我。"

医院生活无聊至极，听着舅舅的故事，原本无精打采的我不由得兴致勃勃。我想起很久以前，那些春心萌动的同龄人，他们就像在无人知道的月光之下秘密成熟的大麦。

"我说到哪儿了？"

"诗集和磁带。"

"嗯，我看到这些东西很好奇，这是哪个家伙呢？美罗好像也不是一点儿毫无兴趣。"

"然后呢？"

"我去了那小子的班级，然后跟认识的后辈说，你让某某出来。"

"他叫什么名字？"

"不知道，想不起来了。毕竟太久了。我也只是感觉好奇。世界上很多哥哥都只关心别人的妹妹，自己的妹妹却从不关心。"

"嗯。"

"那小子竟然没想到我是美罗的哥哥，我就什么话也没说。他站在教室门口问我：'您找我？'我说：'你是某某吗？'他说：'是。'我稍微看了看他，就让他回去了。"

"哦，真像大人。然后呢？"

"那个，他长得不是很帅，但给我的印象是这小子很坚强，也很自负。后来，他们两个好像没成。"

"为什么？"

"不清楚。后来呢，美罗好像还去过那小子住的公寓区？那边的大婶们都不好惹，好胜心强，而且对传闻很敏感。那小子首先在意的是周围的反应，而不是照顾美罗，所以处境很尴尬。这跟信里说的完全不同。第二天，那小子的班主任就把美罗叫到教务室说，某某将来要读外国语高等学校，你最好不要妨碍人家。从那以后，美罗也就死心了。"

"就这些吗？"

"是啊，那个年纪本来就是这样嘛。鸡毛蒜皮的小事也能让人心潮澎湃，微不足道的小事也能让人受伤害。"

"哎哟，我妈妈肯定很痛苦吧？"

"那我就不知道了。"

"您没看日记吗？"

"嗯。"

"为什么？"

"那时候，我也有了自己喜欢的女孩。"

我们在门口迎接摄制组。没有摄像和别的成员，准确地说是先遣调查组，反正是个小组，怎么称呼都无所谓了。我穿着印有玩具熊的黄色 T 恤衫，下身是纯棉长裤。我想穿出斯斯文文的感觉，然而尺寸差不多的衣服当中没有哪件恰好适合我的年龄。我头戴宽宽的遮阳帽，还加上了墨镜。谁见了都会觉得这个样子滑稽好笑，像极了黑手党，不过这也是保护皮肤和视力的无奈之举。妈妈从早晨就在一件一件地试穿衣服，她有点儿难过。当时正值盛夏，她还是穿上了袖子垂到肘部的长衬衫。这样的选择好像是为了遮住胳膊上的赘肉。爸爸清晨就去工地了，这会儿不在家。公司方面说人手不够，很难腾出时间。不过爸爸也承诺，拍摄当天肯定会陪着我们。

胜灿叔叔跟我想的完全不同。他个子很矮，相貌平常，肩膀也很窄，唯独他的眼睛炯炯有神，显得非常敏锐。

嗯，这个人就是那个少年了……

我想起小舅给我讲的故事，于是细细地打量着叔叔。如果只是听舅舅的说法，我不会知道面前这个男人是谁，然而没过多久，这个人是胜灿叔叔的感觉就越来越强烈了。胜灿叔叔穿着贴身的衬衫，系着很有感觉的腰带。他像三十来岁的男人们那样腹部微突，不过并不影响观瞻。白色的 SUV 好不容易停在我家门前，叔叔艰难地走出狭窄的胡同。胜灿叔叔的身旁跟着个好像刚刚大学毕业的姐姐，应该就是这几天总跟妈妈通电话的那位编剧。

"你就是阿美？"

叔叔想摸我的脑袋，却又停下来，尴尬地改成握手了。也许他看我这么矮小，误以为我还是个小毛孩子，等意识到我的实际年龄之后，连忙改变了态度。

"您好。"

我轻轻地低下头，跟他打招呼。妈妈就像极权主义国家里被动员参加年度例行活动的初中生，面带僵硬的微笑，站在我的身旁。胜灿叔叔首先送上温柔的问候。

"你还好吧？好久不见了。"

妈妈这才放松下来，笑着回答说：

"你一定很忙吧。这么麻烦的事你也答应帮我们，太谢谢了。"

"谢什么，这是我的工作。"

妈妈从开始就想在别的地方做采访。编剧事先考察过我们家，认为这儿对摄像机布线和编写脚本都很有帮助，于是只能按她的意见将采访地点安排在家里。我们在客厅中间的桌子旁团团围坐。妈妈从柜子里掏出坐垫，手忙脚乱地端茶倒水，然后不安地瞥着四处打量的胜灿叔叔。胜灿叔叔比我想象的要随和、沉着。刚才忙着招待客人的妈妈坐在我身边，作家姐姐立刻往桌子上摆好了手册和录音机。看到这些东西，我才真切地感觉到我们真的要"播送"了。首先接受采访的人是妈妈。

"您从什么时候开始知道阿美生病的事？"

"三岁的时候。孩子经常发烧、拉稀，医院只是说他感冒、腹泻，后来看看不行了，这才让我们去大医院看看。"

"哦……"

"怎么也找不出病因。孩子越来越瘦，我们心里不知道有多着急。"

"所以您就来富川了？"

"是啊，因为医院的缘故，我和阿美爸爸就来到了这个举目无亲的地方。"

"您在这里生活多久了？"

"从阿美三岁的时候就来了，现在已经十多年了。我们的房子越来越小，到处搬来搬去。"

"两位从事什么工作？"

"阿美爸爸干过很多工作，都不顺利，现在正给搬家公司打工呢。"

"妈妈呢？"

"我嘛……"

妈妈悄悄地注视着正在做记录的胜灿叔叔，然后垂下眼皮，声音含糊地嗫嚅道：

"我只是在家照顾阿美。"

突然间，我感觉有些发慌。只是为了不让妈妈难堪，我才没有流露出来。

"那么，生活费和治疗费很难承担吧？"

"是。"

"阿美上过学吗？"

"很短，只上过半年小学。阿美很喜欢学校，可是在课堂上发作过几次……"

我想起了趣味盎然的演讲课、音乐课和春游等，情不自禁地陷入了回忆。

"通常来说，得了这种病的患者或监护人会建立某种集会吧？通过网络社区分享信息，相互支持。您是怎样做的呢？"

"这个，我们也找过……可是像阿美这种情况，几乎没有。据说别的国家也很少见。很难找到值得学习的书籍，我们也很郁闷。"

作家姐姐轻轻地点了点头。

"现在，阿美的状态怎么样？"

"很多方面都不太好，更重要的是一只眼睛几乎失明了。还有就是心脏……"

然后就轮到我了。这次是胜灿叔叔先随便跟我闲聊。

"我们开始吧？"

"好的。"

随着胜灿叔叔使了个眼神，作家姐姐温柔地进入了话题。

"刚才妈妈说了，阿美很喜欢读书？"

"是。"

"你喜欢什么书呢？"

"只要是书，我都喜欢。"

"是吗？"

"是的，我的身体比心灵长得快。为了追赶身体的速度，我也不能不尽快壮大自己的心灵。"

胜灿叔叔和作家姐姐都笑了。直到这时，我才发现妈妈的脸上掠过小小的安慰和自信。

"那你也给我们介绍一本书，怎么样？"

"哦……介绍什么呢？啊，前不久看过的诗集里有这样的句子，'一次成为一个人，已经足够幸福。'"

"嗯，还有吗？"

"还有……'不能一下子成为一个人，多少有些悲伤。'"

胜灿叔叔皱紧眉头问道：

"你，知道这是什么意思吗？"

突然间，我很想当面叱责，"那你知道吗？"然而我还是很有礼貌地回答说：

"也不知道为什么，反正就是喜欢。为什么呢，比如树叶落进湖水的时候，水面上是不是荡起静静的涟漪？我的心里就有这样的涟漪。这首诗的题目是《雪的故事》，因为读着喜欢，我还偷偷地撕下来了。本来从图书馆借来的书，我是不会这样做的……对了，叔叔？"

"嗯？"

"我现在说的话都会播出吗？"

胜灿叔叔面带笑容，仿佛在说，已经听过上百遍的话又听了一遍。

"不，将来播出的只有几句话。之所以提前采访，就是为了挑选好东西。"

"刚才我说的撕书的事，请您不要采用。"

"好的，我答应你。等到正式录像的时候，我会请你从今天的话里挑选几句。到时候你可要帮忙哦？"

"嗯，我考虑一下。"

作家姐姐看着问题，接着说道：

"听说你上过学？"

"嗯。"

"现在还想上学吗？"

"当然了。我想就在这会儿，学校里的朋友们还在学习我不知道的重要东西呢。"

作家姐姐不知道是想要安慰我，还是发自内心这样认为，她说：

"不是这样的。"

"什么？"

"学校也不是那么美好的地方。"

我想，作家姐姐也许有过与学校有关的不好的回忆，于是摇了摇头，附和着说道：

"我以为很美好呢。"

作家姐姐又翻了翻手册。

"你接受了很长时间的治疗，在这期间你有什么想法？"

"什么想法？"

"比如说，那种出现最多、最经常的感觉……"

"这……"

我悄悄地看了看妈妈的眼睛。妈妈的嘴唇一动一动，这种平生从未听过的话题似乎也让她很紧张。

"嗯，我觉得自己只有一个人。"

"什么？"

"不，不，我的意思不是说爸爸妈妈丢下我不管，而是疼痛发作的时候，我就感觉只有自己一个人。我说的是这个意思。"

"还有什么事情让你感到痛苦？"

我犹豫片刻，回答说：

"没有朋友。"

妈妈再次舔了舔嘴唇。

"还有吗？"

我笑着反问道：

"必须要有吗？"

"啊？不，不。那我要问你别的问题了……衰老是什么感觉？"

"……"

我和妈妈面面相觑。胜灿叔叔也有些惊讶。也许她想问我的症状和我的接受方式，结果因为口误冒出了这样的说法。

"那么，年轻又是什么感觉呢？"

"啊？"

作家姐姐的脸上掠过一丝慌乱。

"我这样问您是因为我真的很想知道。我想不起自己年轻的时候了。"

她擦了擦鼻梁上的汗珠,然后结结巴巴地说:

"啊,这个嘛,我也……不太清楚啊!"

我耸了耸肩,回答说:

"我也是。"

作家姐姐立刻涨红了脸,无法继续提问了。

"不过……这些话我应该可以告诉您。以前在医院的时候,我偶尔听到过两位姐姐的交谈。现在才二十一吧?还是二十三了?反正有个人突然压低嗓门儿,好像跟朋友吐露什么心事。别看声音那么低,有时候听起来反而更清楚呢,这点她们肯定没想到。"

"说什么了?"

"她说喜欢教授。"

"教授?"

"是的。专业是什么来着,结没结婚我也不知道,不过我知道那人年纪要比那位姐姐大两三倍呢。"

我能感觉到三个人听了我的故事,正在相互窥探对方的眼神。他们肯定提心吊胆,不知道这孩子还会说出什么过分的话来。

"他们不是相互交往，好像那位姐姐尊敬教授，暗恋了很长时间。她还说偶然跟教授有过轻微的肌肤接触，跟她朋友说的。"

很快，客厅里的气氛变得无比尴尬。妈妈满脸惶恐地盯着我，好像在说这孩子到底是怎么了。

"怎么说的？"

作家姐姐小心翼翼地问道：

"她说她很惊讶。"

"……"

"她喝醉了，偶然用手摸了摸那人的脸，虽然时间很短，不过手碰到脸的时候，还是感觉很惊讶。"

"为什么？"

"稀烂稀烂的……"

"啊……"

不知哪儿传来近乎痛苦的叹息声。原来是我旁边的胜灿叔叔发出的声音。

"看和摸的差别很大。现在我还清清楚楚地记得那个姐姐的话，'好像被烫着了……'对了，她说自己惊讶得好像被'衰老'烫着了，不由自主地。从那以后，她就再也不把那位老师当成男人了。"

刹那间，周围笼罩着深不可测的静寂。

"对了，姐姐……"

"嗯？"

"我不太理解……"

"什么？"

"上了年纪的人皮肤没有弹性，这不是很自然的事吗？"

"是的。"

"头发变白，牙齿脱落，眼睛昏花，满脸皱纹，这些不都是自然而然的吗？"

"是啊。"

"原来还说那么喜欢，可是就经过这么短暂的接触，好像衰老转移到自己身上似的，突然间板起脸孔，转身后退了，那个女人想象的衰老到底是什么样子呢？"

"……"

"我到现在还不太明白。不过，每次想到这个问题，我总是很悲伤。"

"……"

一直默默听我说话的作家姐姐故作欢快地说道：

"不管怎么说，阿美你不是十七岁了吗？"

"嗯，对啊。这里面我最年轻吧？"

"当然。"

"也许我还活得最长呢？"

"什么意思？"

"有时候疼得厉害，我妈妈说是'疯狂'，每当这时我就感觉日子真的太漫长了。一分钟就像一个小时，有时又像永远。我过的不就是这样的日子嘛。如果算主观时间，那我比叔叔和姐姐活得还要久呢。"

这样说完以后，我也感觉有点儿尴尬，于是哈哈大笑。周围的人们谁都没笑。过了一会儿，胜灿叔叔小心翼翼地问道：

"你埋怨过上帝吗？"

"我们家也不去教会啊！"

"当然，那有没有埋怨过类似上帝的什么人？"

"嗯……有时候我感觉是忘了。他忘了我。"

"……"

"因为上帝太忙了。"

深深的沉默。坐在我身边的人们谁也没有开口说话，也不催我说话。

"有时我就想，我们不是上帝其实也有好处。如果说世界上有些事情只有上帝能做，如果真是这样的话，那么反过来说，是不是也存在只有人类能做的事情……尽管绝对不足以超越上帝，不过人类之间或许也存在着上帝都会羡慕的举动。"

作家姐姐小心翼翼地问道：

"你怎么会这样想？"

我只是微微笑了笑，心里却想起了爸爸和妈妈，我的年轻的、懵懂的、美丽的父亲母亲，几十年后也会拥有像我这样的面容的父亲母亲。

采访又进行了一个小时左右。作家姐姐轮流向我和妈妈问这问那，然后合上手册，提出了最后的问题：

"阿美，你最大的心愿是什么？"

我冥思苦想，恍然大悟似的答道：

"我想去爸爸妈妈初次相遇的地方。"

"是吗？那是哪儿？"

"现在已经没了。被水淹了。"

房间里两个同乡下意识地低下了头。

采访结束以后，胜灿叔叔和作家姐姐的脸上都豁然开朗。我们短暂而温情脉脉地道别，然后就在门口分开了。叔叔的SUV却被别的车辆包围了，无法动弹，场面很尴尬。我们家在多世代住宅①密集的

---

① 父亲和儿子两代人，或者父亲和儿子、孙子三代人生活在同一栋建筑的住宅形式。

胡同里面，平时就很难找到停车的地方。胡同很窄，进来的车和出去的车经常碰上麻烦，即使深夜也常常出现争抢车位的现象。刚才还和颜悦色地跟我们聊天的胜灿叔叔，脸色立刻就变得僵硬了。无法联系车主，而且还要赶到下面的工作场地。最惶恐的人还是妈妈。妈妈既愧疚又无奈，好像那是她犯下的错误。她都有些不像平时的妈妈了。尽管叔叔反复说没关系，然而妈妈还是放不下。告别时间稀里糊涂地推迟了，妈妈让我自己先回房间。我跟胜灿叔叔和作家姐姐点头打了个招呼，然后就回去了。我像往常那样背靠着墙，读起了小说。

"2744！把车挪开！"

胜灿叔叔的声音嗡嗡地传到耳边。

"3579！有人吗？"

作家姐姐也在旁边帮腔。当然也没什么收获。很快，门前响起了喧嚣的汽车喇叭声。忍无可忍的胜灿叔叔坐上自己的汽车，按起了喇叭。喇叭声响得很长，有点儿神经质。几家邻居探头向外张望，纷纷抗议。抗议过后，喇叭声还在继续。大约过了二十来分钟，车主终于露面，事情也就过去了。这也不是什么特别的事，每个地方都有可能发生这样的骚动。问题出在车主露面之前，妈妈离开那儿之后。妈妈心急火燎地去别的胡同察看，这期间胜灿叔叔和作家姐姐在我家屋檐底下抽起了烟。他们笑着谈起今天的采访。我房间里的铁窗棂下也飘来了胜灿叔叔的烟。我坐在房间里读着小说，若有若无地听着他们的闲谈。突然，我的耳边传来作家姐姐压低嗓门儿的说话声。

"对了，导演……"

"嗯？"

"那个孩子……也有性欲吗？"

胜灿叔叔犹豫片刻，淡淡地回答说：

"问这个干什么？"

听胜灿叔叔的语气，他好像在想现如今的孩子怎么都这么大胆啊？不过他还是努力不让自己显得太严肃。

"虽然有病，可他毕竟十七岁了，会怎么样呢？"

"这个嘛……孩子他妈已经说了，他没有第二性征，应该也没有性欲吧？"

作家姐姐又问：

"性欲也可能没有啊，人……？"

胜灿叔叔在地上蹂灭了烟头。隔着窗棂，我看见了叔叔的红色匡威运动鞋。

"我也不知道，他是怎样的情况。不过总会和普通孩子不大一样吧？"

我的脑海里不由自主地浮现出作家姐姐默默点头的情景。

"对了，导演……"

"又怎么了？"

"没，没什么。"

"怎么了？你想说什么？"

"我知道这么说会遭到惩罚的，我知道自己不该这样说，可是……"

"……"

"您看那孩子说话的样子……"

"嗯。"

作家姐姐努力压抑着自己的兴奋，继续说道：

"这期节目，看样子要火。"

2

　　有时人会反复做相同的梦。这种时候通常与坏事相关，然而我梦见的却是幸福的体验。恰好是十年以前，我七岁的时候，爸爸二十四岁。爸爸拉着我的手走出医院的大门。长期以来，都是爸爸妈妈轮流带我去医院看病。这时，爸爸做了件没让妈妈知道的事。回家之前，他带我去了娱乐室。回过头来看，爸爸好像也不怎么喜欢玩游戏。那是初中生吵吵嚷嚷的地方，黑暗而又肮脏，他在里面并不舒服。尽管如此，爸爸还是顺从地拐进了娱乐室，仿佛是缴纳非缴不可的税费。坐着没有靠背的椅子，一个小时里埋头于电子游戏。主要都是些过时的战斗游戏，比如"小蜜蜂""街头霸王"等等。爸爸在游戏里摧毁敌人旗舰、倾泻海量的炮弹，有时补充能量、跳跃、匍匐、翻跟头。砰砰、咣、乒乒——爸爸侧踢或出拳的时候传出电子配音。无论是以前还是现在，爸爸从不抽烟，焦急的时候跷腿的习惯却没有改变。爸爸发出"哇""咳""唉"之类的感叹，兴奋不已。起先我也跟着爸爸玩"魔幻气泡"和"俄罗斯方块"，然而没过多久，我就发现自己在娱乐方面没什么潜质，而且也不感兴趣。我主要是闷声不响地坐在爸爸身旁，不停地扭动身体或者帮爸爸换硬币。有时我独自溜进简易练歌房，戴着耳机唱流行歌曲。这样几次之后我也累了。感觉无聊的时候我也很生气，于是拉着爸爸的袖子催他快点儿回家。爸爸说打完这关就回家，却总是拖延时间，不停地往我的口袋里塞500元或1000元的零钱。每当这时，我就呆呆地注视着各种闪光映照之下的爸爸的侧脸。他歪着身子,手指的移动绚烂夺目,然而他的眼睛里却没有生机。偶尔，回家时间晚得离谱，爸爸推说医院那种地方本来就要等很久，妈妈好像也没怎么怀疑。这件事持续了大约一年。至于怎么开始又如何结束，爸爸自己好像也不太知道了。

又是什么时候的事了？即使爸爸在我身边，我感觉他也心不在焉，好像人在别的什么地方。好像只有一次，也许是妈妈出门的时候。虽然只有一周，可是妈妈的离家出走给我们造成了很大的伤害。直到现在，我们还假装那件事从来没有发生。谁也不会先提当时的事，既不提问，也不解释，更不会回忆。也许那时候我太小了，也许我以为自己已经忘了。结果，最先提起那件事的人还是妈妈。那是几个月前，我躺在医院的时候。那期间我已经无数次跨越鬼门关，不过那天的气氛却有些特别。我的心电图很不稳定，事实上，凡是得了这种病的患者很少有人能活到我这个年纪。爸爸和妈妈彻夜守护在床边，观察情况。我好像也预感到这是最后的时刻，感觉应该说些什么，只是我还戴着氧气面罩，难以如愿。关于死亡，我想了很多，面前的事物只是感觉的、物理的存在。我集中于器官的功能，没有思考的余力。痛苦吞噬了我的思考。那天夜里，妈妈看着艰难延续呼吸的儿子，忍不住号啕大哭。她说出离家出走的往事，反复向我道歉，我错了，对不起。

"阿美，对不起。妈妈错了。对不起，真的对不起……"

我缓缓地眨着没有睫毛的眼皮，聆听着妈妈的话语。氧气罩上弥漫着灰蒙蒙的雾气。

"妈妈，我……"

那些长久以来我在心里反复揣摩的话，现在也都告诉了妈妈。这不是为了安慰妈妈，也不是想让自己心里舒服。我只是想起什么就告诉她了。

"嗯？你说什么？"

妈妈紧紧地贴过上身。爸爸在旁边扶着妈妈的肩膀。我发声困难，用尽全力还是结结巴巴。我的话好像还是没有很好地传达给妈妈。那时，我勉强说出了这样的话。

"当某人爱别人的时候，有个标准能让我们了解这份爱。"

妈妈的双眼又红又肿。

"标准就是那个人想要逃跑。"

"……"

"妈妈，我……我知道妈妈想要逃离我，我知道这就是真爱。"

妈妈的耳朵紧贴着我的嘴唇，还是徒劳无功。我没有开口，而是握住妈妈的手。这就是我的回应。然后，我就沉入漫长的睡梦。第二天，令人震惊的是我还活着。

如果重新回到十年前的春天，事情还是这样。那时，爸爸和我刚刚走出设有配药室和收纳室的医院大厅。站在玄关前，爸爸揉皱了七张医院收据，塞进口袋，然后抬起乱糟糟没有收拾的脸庞，仰望着晴朗的天空。爸爸的下巴上冒出了白花花的皮屑。

"走吧？"

"嗯。"

爸爸缓缓迈步，迎合着我的速度。我以为今天又要在娱乐室里泡足一个小时，闷闷不乐地跟着爸爸。没错，爸爸今天有些变化。以前看魔法师童话书的时候我曾问过爸爸："爸爸，看得见的还不是全部吗？"爸爸回答说："不，人生在世不能只相信看得见的东西。"那天，意想不到的风景让爸爸停下了脚步。远远的，一群孩子在眼前出现又消失，然后又出现在眼前，如此反复，就像爆米花。我们久久地眨着眼睛，想不明白那是什么。爸爸和我按捺着好奇心，走下山坡，随后就看见绿油油的草坪上摆满了花花绿绿的游戏器械。那里有充气滑梯，还有上下移动的弹簧木马，还有镖靶。家庭月快到了，看样子是医院特意为孩子们准备的活动。最受欢迎的器械还要数又名"蹦蹦"的蹦床，又圆又大的铁圈周围用弹簧连接着黑色的帆布。我们在蹦床前停下脚步，注视着孩子们。每当高高地蹦向天空的时候，孩子们都会爽朗地哈哈大笑，如痴如狂。飞翔令人兴奋，坠落也很滑稽。里面还有几个身穿病号服的孩子。刹那间，一个念头闪过我的脑海。

我也要玩！

当然我也只是心里想想，事实上很难鼓起勇气。这时，爸爸先开口了。

"阿美，我们也去玩玩吧？"

我犹豫了大约三秒钟，然后使劲点了点头。

我跳——

我再跳——

啊，直到现在我还忘不了当时的感觉。那是春日的呼吸，咚——

如果我蹦起来，咚——爸爸也跟着跃起；咚——如果爸爸飞起来，咚——我也跟着跳起来。如果让我回忆生命中最灿烂的场面，应该就是这个瞬间吧？清爽舒畅的风。跳动的心脏。脚下的弹力。跌倒了大笑，笑着跌倒，我们活力无限。孩子们团团包围着蹦床，瞠目结舌地注视着我们。我怎么都高兴。那天，爸爸和我笑得最开心，很久都没这么笑过了。那天，爸爸破天荒地没去娱乐室，直接就回家了。

现在，我经常梦见的还是蹦床。年幼的我回到从前，跟着爸爸在蹦床。我们在上面跳舞，唱歌。随着时间的流逝，那情景会有些许改变，出现了很多变奏。比如，咚——我跳起之后爸爸却反向降落，咚——爸爸飞起之后我也反向降落。或者也有这样的时候，每当我跳起我就变得年轻，从八十岁到六十岁，再到十七岁。别再小了，别再小了，这已经是我真正的年龄。于是，我看见了自己从未见过的脸。不过，梦里的画面太遥远了，我无法仔细看清自己的面容。我想抚摸，我想确认，然而梦中的摄像机逐渐后移，终于变成了远景。我总算知道自己变得年轻了。刚刚知道这个事实，我便从睡梦中醒来。

3

　　正式拍摄前一天，我们全家躺在卧室里做面膜。这是市面上常见的每张 1000 元的面膜，有保湿功能。是我担心爸爸妈妈难过，主动缠着要做的。水分薄片很适合爸爸，对妈妈来说稍微有点儿大，覆盖我的脸还有剩余。爸爸一只手里拿着小镜子，另一只手抚平薄片的褶皱。为了缓解气氛，我故意假惺惺地问道：

　　"我们做这个没事吧？是不是应该显得憔悴点儿啊？"

　　妈妈附和着说：

　　"对啊，我要收拾屋子，那位作家小姐说算了吧，这样更好。她还没出嫁，看来还不太明白女人的心思。"

　　"啊，我想起来了！我读《安妮日记》的时候，里面有个情节给我的印象最深刻，安妮的妈妈在盖世太保突袭之前，急匆匆地清扫了房间。她希望德军抄家之后会说，这家主人家务操持得不错。"

妈妈轻轻地叹了口气。

"唉。"

"所以你也……"

爸爸加入进来。

"什么狼狈不堪，什么一无所有，还是赶快抛掉这些陈旧的想法吧。有的人在不好的环境也能活得漂漂亮亮，这样的人更有吸引力。上次我看见电视里面做试验，连那些动物都愿意靠近漂亮的小姐。"

我觉得这样说有点儿不像话，于是故意装出很沮丧的样子，小声嘀咕道：

"可是我已经不是美男了。"

爸爸笑着回答说：

"没关系，我还是美男嘛。"

拍摄主要在三个地方进行，家、医院和游乐场。第一次拍摄就在我们家。《寄望芳邻》是个公益性很强的节目，收视率很低。这个节目重视教益而不是趣味，换句话说，哪怕总是老生常谈也足以保本。不过，胜灿叔叔还是为这次策划倾注了大量心血。也许是因为他和妈妈的交情，也许是出于制片人特有的动物般的直觉。胜灿叔叔寻找适当的位置，告诉作家姐姐注意事项的时候，爸爸妈妈正在摄像机后面满怀担忧地注视着我。

"就在这儿吧！"

胜灿叔叔安慰着不停抱怨"感觉出不来"的摄影师，把人们召集到我的房间。这是我们家采光最好的地方，仿佛用剪刀修剪出来的方块形阳光随着时间改变形状，投射进来。

"马上开始，准备好了吗？"

"当然了。"

"嗯，这是室内，墨镜能摘下来吗？"

隔着门槛，我看见爸爸妈妈犹豫不决的样子。

"可是照明太强了，我会睁不开眼睛啊！"

"刚开始都这样，等会儿你就习惯了。只有跟观众交流眼神，才能留下更舒服的印象。"

我点头说我知道，然后摘下墨镜，放在书桌上面。我挺直了腰，直直地注视着摄像机。第一次看见我真实面貌的胜灿叔叔吓得一愣，然后迅速掩饰自己的表情，很专业地说：

"帽子也能摘下来吗？"

"我……"

原本沉默无语的爸爸终于忍不住说道：

"戴着帽子不行吗？"

胜灿叔叔的脸色有些尴尬，作家姐姐连忙解释说：

"戴着帽子的话，面部效果不好。"

爸爸点了点头，又说：

"可是我家孩子不喜欢摘掉帽子。"

胜灿叔叔冷静地说道：

"是，我们也理解。这毕竟是做节目，最好是在某种程度上露出面部。观众也很想知道自己帮助的人是谁。"

爸爸好像很担心我在拍摄的时候受到伤害。昨天夜里自诩为美男的豪爽消失得无影无踪，焦虑的神色历历在目。妈妈没说话，却也明显很紧张。两个人都不确定以这样的方式筹集医疗费是否恰当。当然，我的担心不在这里。要是观众排斥我的样子，那该怎么办呢。我知道自己不能表现得无所谓，更不能惹人厌恶。人们能够直视的不幸，这才是捐赠节目进行下去的力量。胜灿叔叔说得没错，观众也很想知道自己帮助的人是谁。这句话的意思就是说世界上没有免费的午餐。我用眼神告诉爸爸妈妈没关系，然后举起手来，轻轻地摘下了帽子。

今天，胜灿叔叔表现得相当不错。停！停！他朗声呐喊的样子很不错，做出决定之前忧心忡忡的面部轮廓很不错。妈妈好像也意识到了。妈妈的瞳孔犹如受惊于光线的光圈，忽然间张得很大，很快又缩回。相反,站在"光线"里的爸爸妈妈的脸却比平时更老了。三十四岁。我相信这是风华正茂的年纪，十七岁便有了自己的孩子，这个年纪年轻得有些过分，然而那天也不知道是因为衣服还是因为表情，看起来他们要比同年的导演叔叔年老十七岁。妈妈总在不经意间抬眼去看胜灿叔叔。她好像没有察觉到爸爸在注视着自己。

摄像叔叔总是习惯性地使用"画面"这个单词。或者说"画面不好"，或者说"画面很棒"。刚开始感觉有点儿逆耳，听多了才知道这是业界术语，也就没感觉了。提问顺序和上次差不多。我淡漠地回应着采访。如果情不自禁地感到抑郁，我就趁着工作人员做其他事的时候，伸手抚摸投射在地板上的方方正正的阳光，聊以打发时间。也许是觉得自己口才不好，妈妈回答问题总是很简单。不过，为了满足作家姐姐的要求，她还是表现得很努力。作家姐姐说，没必要只谈从前的艰辛话题，最好是随意舒服地说得多样全面，这样反而更能丰富生动地交代阿美的情况。

"是吗？"

"是啊，这样还能谈出意想不到的好东西呢。"

"哎哟，说什么呢……"

"阿美小时候有什么好玩的趣事，您不妨说说。"

"啊……"妈妈想了想，终于打开了话匣子。

"阿美五岁的时候，他正在房间里看漫画电影，突然很惊讶地跑过来找我。他上气不接下气地说：'妈妈，白雪公主，白雪公主……'大呼小叫的样子。"

"嗯。"

"当时看到白雪公主被毒害的场面，阿美很震惊，我问他：'啊，怎么了？'他还是气喘吁吁地说：'苹果……苹果……'"

"啊。"

"然后我又问他：'哦，苹果怎么了？'"

"嗯。"

"阿美说：'白雪公主，吃苹果没削皮。'真让人哭笑不得，我记得当时笑了好半天呢。"

拍摄现场的气氛多少有些缓和了。胜灿叔叔的脸色也有了笑容，说不定他也想起了自己的孩子。对，孩子们都这样，孩子们都是很出色的傻瓜。看他的表情，好像什么都已经知道的样子。

"没了吗？"

妈妈受到作家姐姐的鼓励，迅速转动眼珠。

"啊，还有这样一件事。有一天正在看电视，某个博士说饼干对人体有害。阿美看得很入迷，忽然问我：'妈妈，吃了饼干会死吗？'

那个时候孩子经常问些没用的问题，我也没太当回事，就说：'嗯，会死。'第二天，阿美出去玩儿，结果哭丧着脸回来了。我连忙抓住孩子问他：'阿美，你这是怎么了？谁打你了？'孩子哭着说：'妈妈，小朋友们总是给我饼干，让我死，呜呜。'"

我哈哈大笑。我也是第一次听说这件事。世界上没有哪种动物像人这样爱听自己的故事，这样的故事好像的确能听上几天几夜。不过，气氛突然变得尴尬了。好像是因为"死"这个字眼。忽然间，大家无法决定自己是不是应该笑了。现场只有我在笑。妈妈尴尬地问道：

"这个……不好笑吗？"

作家姐姐连忙回答说：

"不是。好笑，太好笑了。"

面对镜头，最不自然的人是爸爸。不管说什么，他开口便结巴，全不相干的话题让大家都很难堪。

"阿美爸爸，听说您以前做过好多工作……"

"是。"

"主要都是什么工作啊？"

"我从小就做穿马甲的工作。"

"嗯？"

"什么加油站马甲、便利店马甲、快递马甲、中餐馆马甲，反正就是这类吧。"

"啊……"

作家姐姐看了看脚本，问道：

"听说您现在就职于搬家公司，那么您感觉生活困难吗？"

磨磨蹭蹭的爸爸似乎感觉有伤自尊，冷冷地说道：

"反正还能吃饱饭吧。"

"停！"

胜灿叔叔打断了爸爸，然后用手挠着后颈，既像责怪又像请求似的说道：

"阿美爸爸，这样说可不行啊。"

爸爸皱了皱眉头。他似乎觉得他们是同龄人，不该这样称呼自己。

"实话实说嘛。"

爸爸回答得理直气壮，作家姐姐很会看眼色，连忙插嘴说道：

"对，我们当然不会让阿美爸爸撒谎。虽然你们家生活过得不错，可是住院费会不会成为负担呢，我们是这个意思。"

胜灿叔叔眉头紧皱，点了点头。爸爸顾左右而言他，好像在说"那倒是"。作家姐姐勉强接上了话茬。

"养育阿美的过程当中，您感觉什么时候最艰难？"

爸爸的脸上微微浮现出恶意的情绪。

"今天。"

"停！"

胜灿叔叔双手揉着太阳穴。

"大洙，你能不能稍微真诚点儿？"

爸爸很严肃地顶撞说：

"我说了别人就理解吗？别人都不理解的话，说了有什么用？"

胜灿叔叔斩钉截铁地说：

"必须说。"

"……"

"我让你说就说，别人不理解也说。"

等气氛凉透了，他又大声喊道：

"出去抽支烟吧。"

随后就是小小的心理战。地点就在我房间的窗户外面，也是上次胜灿叔叔和作家姐姐抽烟的地方。隔着窗棂，我看见了胜灿叔叔的匡威运动鞋。不同于上次的是，颜色从红色变成了绿色。旁边是爸爸的旧皮鞋，皱巴巴的就像蚕蛹。胜灿叔叔有礼有节，却很露骨地质问爸爸。我也听到了爸爸草率反抗的声音。尽管这只是嘀嘀咕咕不显山不露水的战斗，然而紧张感还是蔓延到了我的房间。妈妈招呼着工作人员，同时也观察着周围的动静。她好像也很关心外面的事情。胜灿叔叔还在不停地说什么"留言板上提交个人情况的太多了""海外同胞都跟我们联系""能被选中是很难的事情"。我担心爸爸会不会打胜灿叔叔。不过，这个回合爸爸还是失败了。因为我忽然听见胜灿叔叔说"住院"什么什么。

"您要实在不舒服的话……我们马上停止拍摄。"

爸爸在沉默。事实上，自从生下我之后，爸爸从来没有赢过任何人。

拍摄重新开始了。作家姐姐喝了口水，平静地说道：

"按您的说法，阿美四岁的时候，你们知道了准确的疾病名称？"

"是的。"

作家姐姐观察着爸爸的神色。爸爸比刚才驯服多了。

"如果不介意的话，能否说说当时的情况？"

"什么时候？"

"就是你们刚刚知道阿美生病的时候。"

爸爸陷入了沉思。漫长的沉默让人紧张，然后他像在心里做出什么重大决定似的开口说道：

"啊，说起那天的事，现在我也还记得。"

作家姐姐用充满期待的声音给爸爸捧场。

"好。"

"那是春天，胡同里飘着泥鳅汤的味道。"

胜灿叔叔的脸上掠过微微的不安。爸爸稍微有些改变，说起话来很平静。

"对，是那天。我们是第一次去那么大的医院，我和孩子他妈都很紧张。因为是从没走过的生路嘛，简直是疲惫不堪。既不认识路，医院的结构又那么复杂，而且人多车多，很吵。反正不管怎么说，在乡下医院一年都没弄明白的事情，到了首尔就知道了。知道了也不相信。最开始还没什么特别的感觉。"

"是吗？"

"是，我也不知道自己应该有什么感觉。阿美还在旁边不停地流口水，叽叽喳喳。最先冒出来的想法是已经中午了，应该让孩子吃点儿什么呢。"

作家姐姐点了点头。

"好，请继续。"

"我和孩子他妈出了医院，去找饭馆。我们就去了附近的泥鳅汤店。脱鞋进去之后，发现几乎没什么客人，也许是我们来得有点儿晚了。旁边有个小孩子和一对年轻夫妇。孩子在地上爬，好像有一岁左右吧，很漂亮，胖乎乎的。"

"……"

"以前看见小孩也只是想，哦，这是个孩子。自己生了孩子以后，就知道养孩子很不容易了，没完没了的洗澡、穿衣、吃饭，没完没了的责骂批评。小姐你嫁人之后也会这样吧。"

作家姐姐露出了微笑。

"是的。"

"看看父母的脸，就知道他们彻底被孩子迷住了。远远地把杯子滚给孩子，孩子推开，父母再捡起来，骨碌碌滚回去，就这样不停地嬉笑。"

我很好奇爸爸为什么不说我的故事，反而不停地说着别人家的孩子。当然，我也情不自禁地感叹，爸爸的口才比我想象中好多了。

我爸爸果然是大人……

直到这时，胜灿叔叔好像终于放心了。爸爸继续说：

"我和阿美妈妈拿着检查结果，什么话也没说，等着吃饭。阿美脸贴着鱼缸。他像往常那样问着没用的问题，不过总是往旁边分神。很奇怪。"

"为什么，阿美爸爸？"

"这个嘛，我们也是后来才知道，那对夫妇不能说话。过了很长时间，我们看到他们两个打手语，这才明白了。"

"啊……"

"当时我就明白了，为什么这个爸爸总是朝孩子滚杯子。"

摄像机周围弥漫着沉默。作家姐姐开始积极地提问了。

"为什么这样呢……？"

"他渴望跟孩子说话。他多想呼唤自己孩子的名字啊。如果我是那对聋哑夫妇，我好像也希望呼唤孩子吧。哪怕只有一次也好，一定要大声喊出来。希望别人随时做出反应，跟自己说话。孩子的时候尤其是这样，难道不是吗？小孩子们都是听着自己的名字长大。"

作家姐姐露出隐约的微笑，好像在肯定爸爸。

"然后，我们点的东西也上来了。我们全家人都默默地吃饭。然后……就没有了。"

"嗯？"

"刚才您不是问我，知道阿美得病那天什么感觉吗？现在回想当时的情景，很奇怪，别的都不记得了，只有在我们旁边安安静静滚瓶子的男人浮现在眼前。这不是因为我们的情况稍好而感到欣慰，也不是什么同病相怜，就是忘不了。反正现在我能跟您说的就这些了。"

作家姐姐好像有点儿惶恐。

"阿美爸爸的话……"

爸爸连忙打断了她的话。

"不过，这段能剪掉吗？"

"怎么了，阿美爸爸？"

"没什么，我自己也觉得这好像是废话……"

还有一名伏兵。张爷爷不知什么时候进来了，站在摄像机后面的门槛上探头探脑。爷爷似乎觉得电视台的机器很神奇，满脸急不可待的神情，不停地寻找插嘴的机会。妈妈在旁边皱起了眉头，连使眼色也不起作用。眼看没人关注自己，张爷爷像炮弹似的大声喊道：

"阿美这孩子我太了解了。"

刹那间，大家的目光纷纷投向张爷爷。爸爸妈妈也哭笑不得。了解我们的孩子？你？了解什么？不一会儿，胜灿叔叔腾出时间，掉转摄像机对准了张爷爷。他好像在想，也许还可以编辑成很好的调料。作家姐姐不失时机地问道：

"您是邻居家的爷爷吧？平时阿美是个什么样的孩子？"

张爷爷悲壮地说道：

"阿美这孩子太坏了。"

"啊？"

我们再次紧盯着张爷爷。

"为什么呢？"

"这孩子对我就像对待同村的大哥。他在家里肯定很没教养。他还以为我是他的同龄人呢。"

作家姐姐出于礼貌，真的是出于礼貌地又问了张爷爷。看样子她是想简单地说句话，尽快结束交谈。

"阿美真的把爷爷当成哥哥吗？"

爷爷哭笑不得地回答说：

"是。"

"那么爷爷认为阿美是什么呢？"

张爷爷有些唯唯诺诺，又好像很害羞地说：

"朋友吧……"

剩下的进程都很顺利。游乐场的拍摄和在家里拍摄没有太大的区别，只是为了避免背景单调而特意安排的空间。几个躲在公共卫生间后面抽烟的初中生看到摄像机，立刻悄悄地走开了。我看见摄影师叔叔"啧啧"地连连咂舌。我坐在椅子上被聚光灯照耀的时候，妈妈买来滋养强壮剂分发给工作人员。几个过路人停下脚步，注视着我们。平时也经常碰到这种事。我自始至终都无法适应聚光灯。太亮了，还有攻击性，让人很不安。我很快就累了。眼睛早就刺痛不已了，头也疼得好像要裂开。我努力不让自己表现出来。一天就行了，现在快完了。这一天能为爸爸妈妈节省几年的劳动。后来又去医院询问医生的意见，拍了几个我接受检查的镜头。他们说节目会在两周之后星期二的六点播放。还说本来应该等一个月，因为胜灿叔叔的干预才提前了。

我们在高高的山坡上面，在大学医院的门前分手告别。低矮的丘陵那边，太阳已经落山了。晚霞很美丽，值得驻足观望。上车之前，胜灿叔叔和爸爸妈妈简短地道别，然后朝我弯下腰来，温柔地说道：

"阿美……"

"嗯？"

"今天很棒。"

我没有回答，而是磨磨蹭蹭地吐出了早就想问的问题。

"叔叔……"

"嗯？"

"明明知道是治不好的病，人们还会掏钱吗？"

胜灿叔叔突然无话可说了。听我露骨地说出钱的问题，妈妈有点儿手足无措。

"实话实说？"

"实话实说。"

作家姐姐已经上车了，远远地看着我们。

"人们肯定更喜欢好的方向。因为大家都愿意相信，自己的行动能让世界朝着好的方向改变。结果如何，我们不得而知，不过，最重要的是让人们喜欢你啊，而且今天你也做到了。"

"……"

我知道。今天我做到了。其实我比胜灿叔叔更知道。为什么？因为我愿意这样。假装漫不经心，假装从容镇静地回答问题，这时候我也在努力让自己表现得像个不错的孩子。看见的并不是全部。有时脸颊又红又烫地说些冠冕堂皇的话，就像某个男人参加相亲会，面对着自己并不喜欢的女人滔滔不绝地展示口才。

"回答满意吗？"

"嗯。"

胜灿叔叔面带微笑，朝我伸出手来。

"阿美……"

"嗯？"

"再见。"

我犹豫着握住了叔叔的手。很久没有人跟我私下里相约再见了。作家姐姐已经登上了胜灿叔叔的车，正在冲我挥手。我怔怔地举起手来，算是回应。

"哎哟，真是漫长的告别啊。是吧？"

爸爸从后面拍着我的肩膀。不一会儿，电视台的商务车和胜灿叔叔的私家车就在视野里远去了。我们还站在原地，直到他们彻底消失不见。然后我们步行到商业街，乘坐回家的公交车。下班高峰时间，车里空座不多，我们只能分散着坐下了。妈妈和爸爸，还有我，困乏的身体靠着椅子，望着窗外飞逝的风景。直到回家，我们都在看着日暮时分的城市，谁也不知道各自的心里在想些什么。

4

"阿美，干什么呢？"

妈妈从门缝里探头进来。

唉，吓我一跳。

我很生气地说：

"妈妈！敲门！"

哎呀，妈妈叹了口气，反倒大声喊道：

"敲什么敲啊！节目开始了，看不看？"

"已经到时间了吗？"

"嗯，正在广告呢。快出来。"

我已经到电视台网页看过预告片了。起先我既激动又尴尬，既新
奇又难为情，然而真正看到视频的时候却首先冒出了这样的想法：

啊！我长得比他好看多了……

照进摄像机的样子要比实际的我丑陋，这让我感到委屈和失落。人们都说演员要比电视里的样子漂亮两倍，也许说的就是这种情况。何况普通人了。而且看到自己出演的节目，我竟然心乱如麻，如果不喜欢自己，恐怕很难当演员。这时，妈妈在门外又说："不过……"

"干吗这么惊讶？不会是在看乱七八糟的东西吧？"

我噘着嘴，不高兴地嘀嘀咕咕：

"你以为我是爸爸啊……"

妈妈瞪大眼睛追问：

"爸爸？爸爸这样吗？"

什么这样不这样的，我说我马上出去，催促妈妈把门关上。妈妈离开了，脸上始终带着疑惑。我关闭网络新闻窗口，进入电视台网页，重新回看视频。

"实际年龄十七岁。身体年龄八十岁。长得比谁都快，痛苦比谁都多的孩子，阿美。尽管遭受各种并发症的折磨，然而阿美的脸上从来没有失去笑容，直到有一天，考验从天而降……"

再看也还是很陌生。十七、十八、并发症、笑容……分开看都没问题，然而精心排列起来，事实也不像事实了。

我是不是不该同意拍这个节目啊？

想到刚刚制作完成的影像会乘着电波输送到全国，我忽然有些担心，向陌生人展示自我也很不舒服。当然，准确的消息还要等播出之后才能知道。

六点钟，节目准时开始了。我们坐在客厅里，直愣愣地盯着电视屏幕。我们屏息静气，仿佛是在看电影。画面上闪过几个广告。

"妈妈，有鱼干吗？"

这个无聊的问题立刻招来了呵斥。

"你以为看足球呢？"

爸爸没有像往常那样用手托着下巴半躺半坐，而是像内务室的二等兵似的正襟危坐。我呆呆地坐在爸爸和妈妈中间，眨着两只眼睛。不一会儿，伴随着管弦乐，荧屏上出现了"寄望芳邻"的字幕。感觉像是一首雄壮的协奏曲，它告诉人们"总之，人生就是电视剧，仅此而已"。节目标题之后，心形的淡绿色新芽圆嘟嘟地冒了出来，随后便响起配音演员的洪亮声音。

"寄望芳邻！"

刹那间，我发出了低低的呻吟，很快又告诫自己说：

傻瓜，你有什么希望啊。不要抱怨。

片刻之后，我的形象就出来了。日暮时分的医院前，红彤彤的晚霞做背景，慢慢拉近上半身。面部以下打出很短的字幕，"韩阿美，十七岁"。镜头之外，轻轻传来作家姐姐的声音。

"你想成为什么样的人，阿美？"

胜灿叔叔好像采用了开门见山的战略，从开始就不用音乐，也不做说明。首先用提问吸引观众的注意力，然后再逐渐展开故事。作家姐姐的提问同时被处理成字幕，出现在画面下方。突然，电视里的我露出似懂非懂的微笑，犹豫良久之后终于缓缓地说道：

"我……"

后面的话还没说完，画面就在轻快的钢琴声中转换了。我的回答可能插到中间或结尾了。然后是以我们村庄为远景的画面，上方打出小标题，"个子比谁都高的孩子，阿美"。我读书的场面。我和作家姐姐的简短对话，都是事前采访时说过的话。

"阿美今年十七岁，喜欢读书、玩笑和红豆刨冰，讨厌大豆米饭、寒冷和游乐园。当然，阿美最喜欢的还是妈妈和爸爸。阿美的愿望是明年迎来十八岁的生日。乍看起来，这是个很普通的梦想，然而对阿美来说，他已经独自承受了太久的痛苦。"

画面上映出妈妈的左脸。

"三岁的时候，孩子经常发烧、拉肚子。医院说就是感冒、腹泻……"

爸爸的脸和妈妈相反，摄像机捕捉的是右侧。

"我也不知道自己应该有什么感觉。最先冒出来的想法……已经中午了，应该让孩子吃点儿什么呢。"

然后以慢镜头播放我小时候的照片。抓周的时候，我抓着丝线微笑；穿着硕大的纸尿裤，撅起屁股看镜头；我在妈妈手里紧闭双眼，等待被放进脸盆。这是每个家庭的相册里都会出现的寻常风景。不过，随后播放的照片就有点儿不同了。我的身体飞快地蔫了，仿佛重新回到了刚刚出生的时候。这好像在展示某个人瞬间衰老的过程。

"他呈现出比别人快四倍到十倍的成长速度。不仅外貌如此，还伴随着骨骼和内脏器官的老化。但是，最让阿美难以承受的是……"

咦？金淑珍院长！

看见小儿青少年科医疗室的医生，我非常兴奋。能在电视里看见金院长，我感觉很新奇，很想和她打招呼。医生说话的同时，电视里叠入了我走进核磁共振仪的画面。

"也许是情绪。"

再接下来就是各种各样的检查画面，伴随着平静的叙述。

"对于儿童来说，早衰症是早期老化现象表现出的致命而罕见的疾病。迄今为止，全世界见诸报告的仅有百余例。韩国也很难找到类似的病例。阿美过一天相当于十年，目前正面临着心脏麻痹和各种并发症的危险。最近又出现了黄斑变性，导致部分视力丧失。医院方面也劝他们尽快住院，不过以阿美现在的情况来看，这也很不容易。"

"你接受了很长时间的治疗，在这期间你有什么想法？"

"这……嗯，我觉得只有自己一个人。"

"什么？"

"不，我的意思不是说爸爸妈妈丢下我不管，而是疼痛发作的时候，我就感觉自己真的只有自己一个人。因为痛苦不像爱那样容易分享，何况还是肉体的痛苦。"

"你埋怨过上帝吗？"

"说实话吗？"

"是的。"

"其实我现在也不知道。"

"不知道什么？"

"完整的存在怎么能理解不完整的存在呢……这真的很难。"

"……"

"所以说，直到现在我还不能祈祷。他好像理解不了。"

然后，我好像很抱歉似的补充说：

"上帝不会感冒，对吧？"

配音演员的声音再次传来：

"早衰症的病因现在还不为人知。"

问题被安排在叙述中间，错落有致，恰到好处。后期剪辑显然包含着胜灿叔叔的努力，他在文脉和节奏方面很下功夫。

"同龄人最让你羡慕的是什么时候？"

"很多！真的很多……嗯，最近我在电视里看到了什么歌曲节目。"

"歌曲节目，偶像吗？"

"不是。不过也差不多，就像那种选拔歌手的表演大会。"

"是吗？"

"对。节目里说像我这么大的孩子超过了五十万人，竟然有那么多孩子渴望成为明星，我感觉有点儿惊讶。"

"羡慕吗？那些实现梦想的孩子。"

"不，恰恰相反。"

"相反？"

"经常进入我视野的是那些落选的孩子。知道了结果，推开考场的大门出来，大部分都会号啕大哭，扑进爸爸妈妈的怀抱，真的像孩子。看他们的表情，仿佛承受了全世界的伤害。这个时候，我反倒很羡慕这些孩子，羡慕他们的失败。"

"怎么会这么想呢？"

"这些孩子……将来还会这样生活吗？遭到拒绝，失望，感到羞耻。同时尝试各种各样的事情。"

"也许是吧？"

"那种感觉让我很好奇。嗯，对了……我……连这种失败的机会都没有呢。"

"……"

"渴望失败。失望，还有……我也想那样大哭一场。"

然后就是采访父母、医生建议、小时候的趣事等轮番出现，中间还穿插了"我应该比姐姐活得更久"之类的玩笑，还有上次让作家姐姐很慌张的"飞速衰老的心情"等等。播放的时候，屏幕上方总是镶嵌着小小的 ARS 台标。除了电话捐赠，还在网络上募集普通后援金，也可以通过信用卡捐赠。不知不觉间，节目已经接近尾声了。妈妈和爸爸看着钟表，有些失落的样子。明明让他们说了那么多话，播出的时候却只用了几句，他们有些丈二和尚摸不着头脑了，甚至感觉很遗憾。没过多久，开头跳过的部分又重播了，两个人再次埋头于画面。这是录像时爸爸妈妈也没看过的场面。

"你想成为什么样的人，阿美？"

"我……"

顿了顿，我才羞涩地说：

"我想成为全世界最搞笑的孩子。"

"……稍作解释，好吗？"

"有人说过，孩子有很多办法能让自己的父母开心。"

"嗯，是这样。"

"健康、兄弟情义、成绩优秀、擅长运动、朋友喜欢、工作出色、结婚和生儿育女、比父母活得长久……很多吧？可是仔细想想，这些我都做不到。"

"……"

"为此我苦恼了很长时间，最后还是想通了。所以，我要成为全世界最有趣的孩子。"

"是吗？"

"对。"

摄像机久久地照着我的脸。我只是在笑。这样的状态停了片刻，然后就是片尾字幕。导演蔡胜灿、文字·创意朴娜莱……解说、摄影、音响等工作人员的姓名依次出现。直到最后打出了电视台的标志，我们还是沉默无语。三个人都是初次经历这样的事，稳定情绪也需要时间。正在这时，门口传来了"咣咣咣咣"的巨响。莫名其妙的声音，而且很焦急。我们全家都很惊讶，眼睛盯着声音传来的方向。焦急的敲门声继续从门外传来。爸爸很警觉地问道：

"谁啊？"

"我。"

"谁？"

"我呀，隔壁老张。"

爸爸看着我和妈妈，耸了耸肩膀，然后猛地打开了玄关门。张爷爷快步走进客厅，大口大口地喘着粗气，然后以极度震惊的态度问我：

"阿美，看电视了吗？"

我面带惶惑地回答：

"嗯。"

张爷爷扑通坐下，又问道：

"真的？真的看了？"

妈妈皱起了眉头，问张爷爷：

"您怎么了，爷爷？"

这时，张爷爷双手抱头，绝望地自言自语道：

"没有我的镜头……"

5

　　住院以后，我的身体急剧恶化。我的身体似乎做出了许可：现在可以放心地生病了。幸好还没到需要住进重症室的程度。我们住在三人病房，接受物理治疗和药物治疗。这些事总是在做，如果不做反而无所事事。全部行李只有书、笔记本和简单的衣物。必要的书都由爸爸从区图书馆借阅。眼科医生嘱咐我要尽量看远处，避免长时间玩电脑或读书。唉，这样说的人显然不知道医院生活有多么枯燥乏味。事实上我瞒着家人偷偷看的书反倒比以前更多了。现在不多看点儿书，将来恐怕就很难读书了。既然有了这样的想法，我就更加按捺不住读书的欲望。

　　有时爸爸问我：

　　"阿美，读什么呢？"

　　我嚅动着干巴巴的嘴唇，嚷嚷着说：

　　"没什么，就是随笔。爸爸，这位作家在三十八岁那年得到了第二个孩子，他在产房门口数手指头呢。"

　　"为什么？"

　　"孩子出生的瞬间，他在医院的走廊上想，我还要再赚二十五年的钱，拼命工作到六十五岁左右，也就是老二大学毕业的时候。"

　　爸爸沉默良久，第一次问我这样的问题：

　　"这是谁写的呀？"

　　有一天，妈妈问我：

　　"阿美，读什么呢？"

　　我回答妈妈的时候，捧着书的手在瑟瑟发抖。

　　"诗集，妈妈。这是作家的第三本书。"

　　妈妈探头看了看书。

　　"妈妈，对了，这里提到了世界上最可怕的人。"

　　"是吗？那是谁啊？"

　　我嬉笑着卖起了关子。

　　"是啊，会是谁呢？"

　　妈妈又问：

　　"唉，到底是谁啊？"

"妈妈，这个人说啊，世界上最可怕的是……即将消失的人。"

妈妈半天没说出话来。许久之后，她才无限悲伤地对我说：

"阿美……"

"嗯？"

"别读这本书了。"

有一天，护士姐姐问我：

"阿美，看什么呢？"

我得意扬扬地说：

"就是书呗。既像手记，又像教养书。大杂烩。"

护士姐姐检查了生理盐水。她的姿态显示出只有千百次重复某件事的人才能具备的娴熟。

"眼睛不疼吗？"

"嗯，还行。对了，姐姐……"

"嗯？"

"这个人说，青少年从理智和肉体上具备成为父母的资格之前，青春痘起到了帮他驱走潜在配偶的作用。"

护士姐姐对医学知识表现出兴趣，她做出反应。

"嗯，听起来有道理啊？"

"姐姐也长过青春痘吗？"

护士姐姐往表格上记录着什么，例行公事似的回答说：

"是啊，差点儿疯了。"

"那么，姐姐青春期的时候成功地驱走潜在配偶了吗？"

护士姐姐做出一副沉浸在回忆里的表情，接着露出迷人的微笑，回答说：

"就是因为这样，我才考上了医大。"

通过《寄望芳邻》募集到的捐款超出想象，真的是难以预测的数目。我终于能实现爸爸妈妈的愿望，留在医院里了。妈妈也能停下饭馆的工作，专心照顾我了。这是电视给我们的生活带来的最大变化。当然对我来说，还有更特别的意义。我遇到了"那个孩子"。

《个子比谁都高的孩子，阿美》播出那天，我彻夜浏览电视台的网页。既是因为心乱，另外我也想知道人们都有什么反应。"如果有好玩的故事，我要记下来，然后讲给爸爸妈妈"，这样的想法也不是没有。主页上方依次排列着"重新播放""提前浏览""观众感想""采访申请"等菜单。我进入观众感想栏，查看留言板，上面已经有好几个帖子了。我点开了最新的帖子。题目很普通，"我看了这个节目"。我握着鼠标的手在颤抖。我想，也许这就是我们正式收到的第一封"信"吧。当然，我以前也玩过网络聊天，也参加过论坛活动，还是某个俱乐部很有人气的会员。但是，他们都不知道我是谁。谁也想象不到深更半夜和自己聊得热火朝天的人，竟然是个患有世界罕见怪病的少年。我从来没有主动表明自己的身份。

可是，这里的人们都知道……

知道之后给我写信……想到这里，还没读帖我的心就在发抖了。我屏住呼吸，拆开了第一封信的信封。

"我看了本周播出的《个子比谁都高的孩子，阿美》。"

我紧张地读着下面的句子。

"开场音乐叫什么题目？"

"……？"

我呆呆地注视着电脑屏幕，干咳，然后飞快地翻开后面的目录，ID是"蓝天"的"我要咨询"。

"我看了上周播出的《微笑天使，贞姬》，印象非常深刻。看完节目之后，我感觉非常惋惜，就捐了款。但是，这次我看了告知书，我明明打电话说捐款1000元，结果给我扣除了2000元。难道是电脑错误？反正心情很不爽。求解释。备注：我这样做并不是心疼那1000元钱。"

"……"

后面也都差不多。我真正明白了这样的事实，"啊，留言板上的话真的是五花八门。"这里有看完上期节目之后的抗议，"为什么要帮助外国人？"也有这样的反应，"H医院的主治医师真是一位柔情好男人。""我知道解说人是个未婚妈妈，国营电视台怎么能用这样的女人呢？"这是训诫。"这个留言板太漂亮了。"这是闲扯。经过几次点击，我终于发现有人写给我们家的鼓励的消息，帖子的题目类似于"韩阿美君加油""我好伤心""可爱的孩子，阿美""我想提供帮助"等等。

"我之所以写这个帖子，是想告诉他们不要丧失勇气。无论是阿美君，还是他的爸爸妈妈，这段时间该有多么艰难啊。五年前我接受过抗癌治疗，完全能够理解阿美君的心，我也知道有很多话只能憋在心里，哪怕是家人也不能告诉。有的话说不出口，有的话绝对不能说。相对他的年龄来说，阿美真的算是生气勃勃了。不过我想，阿美也会像我这样，曾经咬紧牙关，想要诅咒全世界吧。没关系，阿美君，如果你想，那就做吧。疲于欢笑的人更脆弱。我也不知道该说什么。因为情绪激动，我就写了这个帖子。加油。我支持你。"

"阿美哥哥！我是来自安山的智弘，今年十二岁。今天看电视的时候，我爸爸妈妈说，小孩子蹒跚学步的时候、读小学的时候、毕业的时候，都有理由为他们鼓掌。他们说成长是令人惊讶的事情，很不容易。哥哥比别人长得更快，那该多难啊？阿美哥哥！今天，我第一次打破了我的小猪储蓄罐。钱不多，当然不足以支付住院费，不过也可以用作哥哥的紧急资金，好吗？那么，我会很开心的。"

"我是来自首尔的大学生。我在想，阿美的话为什么会打动我的心呢。这样说很不礼貌，也许是因为我知道了原来阿美也有灵魂，仿佛在这之前，灵魂从未存在过似的。这是一个令人羞愧的夜晚。"

"我是两个孩子的妈妈。生完孩子之后，我的生活发生了很大的变化，看待世界的目光也不同了。这个世界上的许多事情，如果不是亲身经历就不会知道。我是过了三十岁才有第一个孩子，很害怕生育。因为从为人父母的瞬间开始，我的生活好像就会走向平庸。二十几岁的时候，我完全活在我将成为与众不同的人的期望里。现在，我好像只是个'妈妈'了。我很不安，感觉自己就这样结束了。我不是那种甘愿活得卑微的人。可是有了第一个孩子之后，我开始为自己感到骄傲，甚至想要向以不愉快的方式分手的昔日恋人炫耀。阿美的父母应该也是这样吧？像我一样忽然做了妈妈的阿美妈妈，还有阿美爸爸。

看完节目之后，我就知道两位把阿美培养得多么好了。正如阿美所说，那些学习优秀和运动出色的孩子固然能让父母开心，但是从父母的角度来说，最难的却是把孩子培养得正直善良。加油之类的话我说不出口，我最想说的就是，你们做了非常了不起的事。"

　　阅读这些帖子的时候，我也情不自禁地转着眼珠。"理解"，从前我也很讨厌这个字眼，素不相识的人从遥远的地方跟你热情地握手，实在让人无话可说。尽管明知道它荒诞，尽管也三番五次地反抗，然而我们不得不艰难地悬挂在理解这个词的边缘，只能这样生活。可是，人类为什么会降生为渴望理解的物种呢？为什么要如此处心积虑地向别人转达自己的感受？这是个没有免费午餐的世界，为什么有人甘受损失而不是选择交换，甚至因此而感到喜悦？我又浏览了几条帖子。这时候，我感觉自己的孤独似乎减轻了许多。随后，我又点开了题目叫作"了不起"的帖子。里面写的是这样的内容：

　　"了不起。换作是我早就自杀了……"

　　我接到那个孩子的信是在两天之后。邮件题目是"Antifreeze"（抗冻）。起先还以为是垃圾邮件，我想还是打开看看吧，原来是她。发信时间是一天之前，显示是午夜左右。

致阿美：

　　你好吗？我叫李书河。十七岁，和你同龄。

　　我和你一样，也没有头发，而且很久了。

　　前天我看了《寄望芳邻》，所以给你写信。

　　我通过电视台知道了你的地址。你要是不高兴，对不起。

　　刚开始剧组不想告诉我，我说服他们，终于知道了。

　　我也是个生病的孩子，也许这就是他们告诉我的原因吧。

　　为什么要给你写信呢，因为我有话要对你说。

　　那天，你说自己既不是真正的老人，也不是真正的孩子，很
痛苦吧？

　　你说年龄飞快地增长，时间在你的身体里变得皱皱巴巴。

　　你问作家姐姐"我应该比姐姐活得更长久吧？"这时候你笑
了。

　　虽然我不如你，可是关于每分钟都像永远的时间，我也多少
有点儿了解。

如果你不介意的话，我很想给你身体里的时间取个另外的名字。

最先浮现在脑海的单词是汉拿山！

嗯，对了，长白山也没关系，只要是高山就行。

以前我在地理课上听过这样的故事。

有的山太高了，不同的高度会开出不同的花。

相同的时间，共存着绝对不能生活于相同空间的植物。

那里四季同在，夏天里有冬天，秋天里也有春天。

这不是比喻，也不是象征，而是真实。

于是，我就这样任性地决定了。

别人说你是"早衰"，然而我只想称你为"山"。

啊，还有音乐呢。

对了，礼物。

……祝你好运。

邮件下方写着"Antifreeze,黑裙子"的字样。我立刻打开了附件。笔记本上浮现出音乐再生程序。随着声音的运动，播放器上的抽象画在翩翩起舞。

刹那间，就在歌曲成为歌曲之前，就在音乐即将变成音乐的时候，安静的"气味"勒紧我的呼吸。这是我在听音乐时最喜欢的瞬间。很快，键盘演奏随着轻快的鼓声开始了。旋律并不梦幻，却让人联想到某个"比这儿稍远的地方"。咚咚嚓，咚咚嚓。我感觉自己的心脏合着鼓点怦怦乱跳。

"我们早已走投无路。独自游荡在宇宙深处，我们多么孤独。"

我稍微调高了与笔记本相连的扬声器的音量，然后安安静静地坐着听《Antifreeze》。

"当太阳和月亮重合的时候……"

咚咚嚓，咚咚嚓……

"我们将可以理解一切。"

咚咚嚓，咚咚嚓，咚咚咚咚嚓嚓嚓……

　　　　天空不停地下雨，连骨头里面都湿透了

　　　　后来雨停了，雪花接着飘落

　　　　电影里也看不到的暴风雪吹来

　　　　你是我最初见到的眼眸

　　　　熟悉的大街道像镜子在闪烁

你递给我的咖啡上漂着薄冰

我们俩不会冻结，还能融化大海里的鲸鱼

我们跳着舞和绝望作战，冰封的沥青之城

寒冷的空气令人窒息

你的体温渗透进我的身体

我们俩不会冻结，还能融化大海里的鲸鱼

我们跳着舞和绝望作战，冰封的沥青之城

如果你和我就是最后的一代，怎么办？

如果新的冰河世纪到来，我们怎么办？

漫漫的岁月里没有不变的爱情

我们还要去寻找愿意等爱的人

呜呜呜呜　呜呜呜呜呜

　　文件里的声音散漫而温柔。即使没有温暖的曲调，我还是会有这样的感觉。几个轻盈飞翔的音符沿着"呜呜呜呜"的滑道平安着陆。最后的音符消失之后是静寂，不同于第一个音符开始之前的安静，轻轻地降落在我的周围。真奇怪，不可触摸也不可抓握的东西仿佛让什么在移动。心灵怎么会知道，又试图去寻找最像自己的音符……我又回放了好几遍。歌词也不错，歌手的嗓音清澈平静，真是我喜欢的类型。不，也许从打开邮件的瞬间开始，我就已经决定喜欢这首歌了。即使那个孩子给我发来《南行列车》或《一张车票》，结果也没有不同。我再次仔细阅读屏幕里的邮件。"你好吗？我叫李书河。十七岁，和你同龄。""我很想给你身体里的时间取个另外的名字。""夏天里有冬天，秋天里也有春天。"她的声音总是在我的心里回荡。我想，像她说的那样，我真的叫"山"也没关系。

同龄，同龄……春天，春天……

有生以来，第一次有同龄女孩子给我发送这样的信息。如果是男孩子呢，那会不会不同？也许是吧。尽管说来羞愧，然而事实如此。看来她不同于别的女孩子。这不是说我多么了解十几岁的青春少女，只是她的文笔让我感觉到某种特别而亲密的"时间性"。那不是十七岁的时间，也不是二十岁的时间，而是"长期独处者的时间"。

这个女孩子怎么会有如此早熟的目光呢？

我用目光抚摸着她的句子，大惑不解。忽然，简洁明了的答案落在我的心间，犹如飘落在水面的落叶。

因为疼痛。

正如某位作家所说，疼痛的人都是衰老的人。

那她得了什么病？通过没有头发这点来看，好像还不是小病……

我又看了看信，努力寻找隐藏于她的句子和呼吸之间的意义和暗示。我看了又看，几个段落差不多都能背诵了。

我没有回信。我只是坐在书桌前，心生怯意。因为我不知道将来会发生什么事。或者因为我预感到自己也许会喜欢上这个女孩子。而且我担心，如果爱屋及乌，因为喜欢某个人而同时爱上了这个世界，那怎么办？还有最重要的……我好像没有资格。"致李书河"，我写完又删除。"你好，我是阿美"，这句话也是写完又删除。终于，我什么也没做，直接躺下了。

忘了吧。

换句话说，观众留言板上的帖子都可以看作是书信。我不停地告诫自己，这次也别太当回事，只要谢谢就行了。可是，关于她的想象始终没有离开我的脑海。

别人说你是"早衰"，然而我只想称你为"山"。

至少，写出这种句子的不会是坏孩子吧，说不定她也需要朋友。想到这里，我的心脏又开始剧烈跳动了。然而大脑却不同于狂跳的心脏，它总是劝我冷静，冷静。这不过是某个有着深邃思想的人发来的声援邮件罢了。事实上，你对这个孩子根本就不了解，对吧？患病的人也不是全都善良。你应该知道吧，世界上还有比病孩子更好强、更以自我为中心的存在吗？于是，各种否定性的思绪纷纷占据了我的大脑。

这个孩子，她怎么那么早就知道，每次恋爱的开端都必须有音乐？难道她只是有点儿调皮？或者她又是个虚荣心很强的少女，为了让自己与众不同而偏爱不幸？对了，也许她是在利用我，好让自己更特别。她想从我这里得到安慰，感觉自己的生活还算不错……我竟然想到了爱，我怎么独自走出这么远了？

那天，我做了个梦。平时也经常重复做这个梦。天空蔚蓝，草坪新鲜。辽阔无边的山坡上放着巨大的蹦床。我在蹦床中央。我在蹦床上面蹦跳玩耍。也许是因为心脏方面的疾病，我呼吸急促，做梦都以为自己在做运动。咚——我高高跃起，爽朗地大笑；咚——我又高高地飞起，闭上了眼睛。停在空中的时间太长了。好像短暂的静止画面，身体漂浮的时候，时间流逝得特别缓慢。风景之上，还有突如其来的背景音乐。不知来自何方的吉他声、钢琴声和鼓声在蔓延。和着伴奏，我继续噌噌地跳跃。每次高高地冲向天空，我都摆出"万岁"的姿势，声音嘹亮地唱歌。

"跳着舞和绝望作战！"

我在天上飘，兴奋地喊叫。

"我们俩不会冻结。"

咚咚 嚓 咚咚 嚓……

"跳着舞和绝望作战！"

咚咚嚓，咚咚嚓……

"融化大海里的鲸鱼。"

如此反复多遍。

"几遍了？"

如果拂面而过的风反问。

"好几遍了。"

迎面而来的风就会回答。

第

三

部

1

无论走向哪儿，都能听到风声。因为到处都在刮风。黄色推翻绿色。红色又撂倒黄色。风在逐步剥落夏天的颜色，夺走地底的核心。每当这时，吹来的都是二级微风，面部有感觉，风向标开始转动。零级是宁谧，一级是和风，然后是软风、微风、轻风……从宁谧到狂飙，好像总共有十三级……看杂志的时候，我很喜欢这句话，"风向标开始转动。"我记得还抄在了什么地方。

秋天也来到了医院。越发紧张的空气仿佛向两边拉扯天空，同时也匆忙地进出于胸膛。清凉而明澈，如果说世界上存在着神灵的气息，或许就是这样的温度吧。迎合着神灵的肺活量，我身体里的单词卡也在轻轻飘散。这是雪。那是夜。那边是树。脚下是大地。您是您……这些话语肆意翻滚，听得耳朵都磨出了茧子。

星光灿烂的夜晚，我会从自动售货机里买杯咖啡，到长椅上玩。馥郁的香气萦绕着纸杯，我感觉自己好像变成了大人。我只是假装喝咖啡，却没有真的碰到嘴唇。哪怕稍微碰到舌头，心脏都会怦怦直跳，感觉像是有人在追来。心脏内科的病人当中，有的人表面看来安然无恙，突然间就倒下了。这里有很多神经过敏患者，也就是护士姐姐们所谓的"A型性格"，相反也有不少人大大咧咧，或者憨厚可爱。我的情况则属于ABR，因此必须保持"绝对安定"。但是只要有空，我就在医院里到处溜达。起先还是呆呆地保持着安定的姿态，某个瞬间，我似乎又疯狂地猛然跃起，进入"绝对不安定"的状态。妈妈在简易床上打盹儿。近来，她的睡眠剧增，相比从前更容易感到疲劳。天气凉爽。从外面看似乎没什么，然而树木也在专心致志地做着过冬的准备。枝头因为觉醒和傲气而显得饱满，坚硬的躯干里好像充满了注意力，而不是树液。风吹来，太阳在树底投下斑斑驳驳的影子。这就是三级软风，荡起涟漪，摇晃树枝。风让人无法随便呼唤自己的名字，时时刻刻都在变换身体，逃向别处。或者仅仅在有人喊出它的名字的时候，名字才真正成为名字。我很好奇气息的模样，于是对着虚空哈气。那就像浸入显像液的胶皮，依稀露出形体，然后又消失。白而轻盈，徒劳无功，好像我的内部和外部相遇，简单地问候之后就分开了。

仿佛只在寒冷的季节短暂露面的灵魂的形象。我喜欢秋天的风格，总是忍不住"哈""哈"地吐气。

几个身穿病号服的人披着羊毛衫，正在晒太阳。花坛前，人工池塘周围，蜻蜓在胡乱地飞来飞去。有位叔叔扯着嗓门儿，大声跟别人通话。穿着便服的阿姨蹲在垃圾桶旁边抽烟。对面，某个男人拿着医院给的纸团，面带绝望的表情。另一边是许多看似非常规疗法推销员的人们在东张西望，手里提着盛有桑黄、万寿果和磁力毯的提包。这在任何医院都是寻常可见的风景。然而这里的真相却在坚固的围墙之内、混凝土之中。听到父母让自己忍着点儿，少年高喊"妈妈知道我有多疼吗？妈妈你知道吗？"孩子刚刚睁开眼睛，疼痛再度袭来，抱怨说自己讨厌睡觉。面黄肌瘦的老奶奶躺在带轮子的床上，像货物似的不知被推向何方。颜色如同香蕉牛奶、樱桃汁或桃汁的小便；大便袋；间歇性昏睡……一切都在那里面。他们就像不能脱离规定区域的特别人种，情深谊长而又参差不齐地聚集。面对疾病，人们惊讶、否定、发火，归根结底是悲伤。人们习惯性地压抑着感情，无聊地逡巡于医院附近。也许他们都心怀忧虑，担心做出什么反应的同时，疾病立刻变成了真实。有时，我问护士姐姐：

"姐姐在医院工作很久了吗？"

"嗯。"

"那你每次看到病人会怎么想？"

她一边确认血压值，一边回答：

"什么也不想。"

"……"

"没那个时间。"

她自言自语，单是处理随时冒出来的工作就焦头烂额了。然后她好像感觉到有些歉意，补充说：

"不过，有个事我彻底明白了。"

她的眼睛没有离开纸面，继续自言自语：

"钱，太重要了……"

突然，不知哪儿爆发出葫芦花似的哈哈大笑声。回头看去，原来是某个年轻的住院病人正在跟护士们开玩笑。我从心里的单词本中取出"秋波"这个词，细细端详。秋天的秋，水波的波，秋天的水波。

真漂亮啊，你。真是漂亮的单词……

为了吸引异性关注而送出的眼神叫秋波，那么多的词语为什么偏偏叫秋波呢？这时，风看着我窃窃私语，仿佛在问难道你连这个都不知道。

因为秋天之后就是冬天啊。

因为荒芜和假死的季节近在眼前，秋天就成了秋波越发急迫的季节……它在我耳边萦绕片刻，然后就消失了。我想起很久很久以前称秋波为秋波的人们，不由得莞尔笑了。"啊！即使读书破万卷，即使长命百岁，人类也永远不会停止秋波。"我感觉心满意足。这样想的时候，我好像又希望这个世界平安运转了。

一只蜻蜓飞来，落上我的膝盖。我屏住呼吸，仔细打量这个小家伙。我的一只眼睛几乎看不见东西，聚焦时干脆闭上右眼。一只眼睛的我和拥有上万只眼睛的它相互对视。奇异的紧张感萦绕在我们之间。感觉不像两个存在，而是两个时间在对视，又像数百万年前的时空和现在面对面。蜻蜓的翅膀在微风中轻轻摇曳。翅膀上闪耀着彩虹色的气韵，渐渐归于平静。蜻蜓轻快地飞走，落在长椅尽头的扶手上面。两对透明的翅膀，刻着规则的几何图形，迎着阳光闪闪发亮。那里包含着它从原始生物时代珍藏至今的精巧的数学体系。也许我们体内也有类似的数学公式……那么当初制造"数"的人又是谁呢？制造我的又是谁，为什么会算错数呢……

在外面待久了，肌肉都在萎缩，右胸的中心静脉血管随着呼吸急促地起伏。我自言自语，"再待会儿吧。"专注地独处，脑海里浮现出乱七八糟的句子。我之所以到这里来散步，其实也是为了考虑跟那个孩子说什么。收到邮件已经一周多了，现在还没有回复。我用了好长时间才决定给她回信，只是还不知道应该写些什么。当然，我不回复还有更本质的理由。我很清楚。因为，我想"好好地写"这封信。

但是绝对不能太明显……

我不想太早给她满足。我不想让她放心之后，满足地转身离去。同时，我还要让她喜出望外。如果超过临界点，满足就不再是满足，而是感叹了。"啊！"我希望她乘着瞬间感叹制造出来的反响，乘着反响引起的秋日水波，彻底向我走来。

可是怎样才能做到呢？

我想起以前写过很不像样的便条，然而只要想起那些充满力量的内容，我的脸就会发烫。概念化很强，玄学意味很强，根本不懂什么意思。我经常抄写在网络社区发现的句子，看过之后连连摆手的句子。文体暂且不论，有的就像傲慢的小学生写的散文，有的就像人文学院复学生写的杂文。这就像雄孔雀炫耀羽毛似的求爱。我成了最平凡的少年，经历着最平凡的苦恼，显得陌生而又不舒服。

难道……我是用文章学习恋爱吗？

有人批评通过日本漫画自学日语的朋友说："你的日语里夹杂着老人、黑社会和女高生的语气。"而我现在的模样就很像这种情况。换句话说，我的心里夹杂着各种各样的欲望。可是，如果不这样，排除这些，怎么能说明我自己呢？即便这样，我也还是不错吗？像我这样不错的孩子？我满怀忧愁地遥望着远方。忧愁进入我的心，我不想让它溜走。

"李书河……"

我念出了这三个字，像刚刚开始学习事物的名字时那样。仿佛无人知晓的深夜，松树枝的雪花承受不住自身的重量，笃地掉落，我的心里也产生了很轻很轻的动静。似乎还吹起了名为静谧的风。当啷啷，寂寞蔓延开来。这次，我轻声念出了十三级风之中属于零级的"静谧"。它变成世界上最安静的声息，制造出世界上走得最远的同心圆。太神奇了。我还以为零级什么也做不了，然而零级此刻却在做着什么。

必须写出第一句，第一句……至于后面发生什么事，看看再说吧。

我冲着虚空写下"你好"。我又感觉哪儿不太满意，于是用袖子擦掉了。"你还好吗""认识你很高兴"，这些话也都差不多。叹息沿着少年八十岁的肺、心脏和血管流到外面，让空气都变浑浊了。好像对着热气弥漫的窗户写字，我又在灰蒙蒙转瞬即逝的空气里写下她的名字。于是，风马牛不相及的句子浮现在天空，就像电影字幕。

风向标开始动了……

咯吱，哪里传来了陈旧的风板旋转的声音。我逐字逐句地读着飘过头顶的铅字，然后转头去看句子流去的地方，那里……伫立着一棵上了年纪的法国梧桐。成千上万的树叶哗哗作响，孤独而富饶。这棵树向那棵树致意，那棵树又向对面的树致意，不停不休，深沉优雅。如此看来，不光是人会送春天的秋波。

　　我从树上收回视线，看着前方。这时，我和一个拿着手机走来的男人目光相遇了。男人停顿片刻，终于隐藏起惊讶的神色，仿佛什么也没发生似的加快了脚步。我看着从面前走过的男人的背影，心里默默地数着一、二、三。当我用力喊出"五"的时候，男人朝我转过头来，仿佛转动了把手。我连忙低头看着脚尖，重新开始数数。一、二、三……当我数到十个数，抬起头来的时候，落在扶手上的蜻蜓已经不见了。

2

偶尔我还是会想起张爷爷。他是村子里过得最轻松的人，而且只有他知道那个孩子。每当我被万千思绪弄得头昏脑涨的时候，我就更加想念张爷爷那既令人无奈又简单明快的话语。

住院前一天，我瞒着妈妈去见张爷爷。我很想跟村子里唯一的朋友告别，哪怕只是简单地打个招呼。那天晚上，我在玄关前确认张爷爷家是否亮灯，然后踩着搁板按了门铃。出来开门的却不是张爷爷，而是他的爸爸，老张爷爷。我很沮丧，小声说道：

"那个……张爷爷在家吗？"

老张爷爷眼光挑剔地打量着我。

"德洙啊，病了。"

我有些吃惊，心想，啊！原来张爷爷的名字叫德洙。我们共同衰老，还以为老人们都没有自己的名字呢，真是罪过。

"什么病啊？"

老张爷爷很严肃地低头看着我。

"你别管了。我们这个年纪生病是常见的事。"

看他的样子，好像是希望我快点儿走。我想起爸爸曾经说老张爷爷是早期痴呆。乍看起来没什么异常，不知道究竟有什么问题。幸好，我看见小张爷爷掀开毯子跑出来了。他好像感冒了，鼻子周围通红。小张爷爷放着宽敞地方不走，偏偏抓住玄关柱子，从爸爸胳膊底下探出头来喊道：

"爸爸！我没病！"

听他的语气，好像宁愿跟学校请假也要急着玩耍的小孩子。这么看来，如果说小张爷爷得了痴呆还值得相信。小张爷爷看见了我，显得很高兴。自从我上过电视之后，他带我去过老年人活动中心，而且远远地就高高挥手，和我打招呼，让我有些过意不去。

"喂，你怎么来了？"

"啊，我来跟您打声招呼。明天我就要住院了。"

"真的？这事咱们两个单独说吧。"

"听说您……不舒服……"

"嗯？没关系。一会儿就好了，我去穿衣服，等着我。"

张爷爷不由分说，噌噌地跑进去了。老张爷爷和我都很尴尬。

"爷爷？"

"嗯？"

"不会太晚的，您别担心。"

老张爷爷没说什么，只是点了点头。他怔怔地望着我说：

"可是……"

"……"

"你是谁啊？"

　　我们走向位于村口的杂货店。那边的老榆树下摆放着宽敞的平板床。老张爷爷被他临时托付给了住在隔壁的崔奶奶。张爷爷得意扬扬地说，隔壁的"老太婆"不知天高地厚地喜欢自己，无论请她干什么她都答应。崔奶奶比张爷爷整整大十岁。杂货店的老板叔叔依然沉浸在电视剧的世界里。虽然我不喜欢叔叔看的电视剧，不过那个节目播出的时候整个村庄都鸦雀无声，这让我很满意。世界上有那么多人在相同的时间埋头于同样的故事，我喜欢这样的风景。刚刚走进杂货店，张爷爷就大声让我挑选饮料。他要让全世界都知道，"今天我请客。"

　　老板叔叔很惊讶，连忙站了起来。我选了橙子味的碳酸饮料，爷爷选了滋养强壮剂。然后，我们并肩坐在平板床上喝饮料。瓶子里咕嘟嘟地冒着气泡，薄暮蒙蒙，落满山村的蔚蓝明亮而优雅。不知哪儿传来了孩子们的喧哗声。清脆的嗓音喊着口号，争论对错，高声呼啸，仿佛在告诉人们这是个挺不错的村庄。自古以来，嗓门儿高就传得远，家里的妈妈也能听得见。

"明天去吗？"

"嗯。"

"什么时候回来？"

尽管知道也许是永别，然而爷爷还是若无其事地问道。

"嗯，等好了吧。"

"行李都收拾好了？"

"嗯。"

"那就好。"

那边，几辆摩托车发出巨大的轰鸣声，疾驰而过。显然是暴走族，隔那么远都能看见灯光在闪烁。张爷爷皱了皱眉，嘟哝着说：

"唉，我讨厌年轻人。"

听了张爷爷太过露骨的反应，我忍不住笑了。

"为什么？"

"难道不烦人吗？无知，傲慢，还自信满满……真讨厌。"

张爷爷像看见什么讨厌动物似的打了个寒噤。

"那边房地产中介的宋爷爷和您说的不一样啊！"

张爷爷露出警惕和嫉妒的目光，问道：

"他说什么？"

"他说老人总是叹息年轻人愚蠢，这是不对的。"

"为什么？"

"他说年轻人最值得赞美的是身体，仅此而已。"

张爷爷仔细想了想，终于哈哈大笑。

"对啊！说得对。那家伙小的时候写字就漂亮，同样的话，他说出来就和我不一样。"

我调皮地看了看张爷爷。

"爷爷，您小时候也练过字吧？"

"谁说的？"

"宋爷爷啊。"

"说这些废话干什么……"

滋滋——张爷爷用吸管发出轻浮的声音，岔开了话题。他好像要转移话题，看着暴走族离开后的位置，问道：

"是不是想死想疯了啊？"

"谁啊？那些哥哥？"

"这不是胡闹吗？"

"嗯，也许他们觉得这样很酷吧？"

张爷爷露出意味深长的微笑。

"对，我知道那些小崽子为什么这样。"

"为什么呢？"

"他们是害怕。怕死。"

"……？"

"他们这是在炫耀。浑身瑟瑟发抖，确认自己还活着。我也曾经鬼混过，所以我知道。"

张爷爷的话让我迷迷糊糊，不过我还是点了点头，好像自己明白他是什么意思。

"对了，崔奶奶的孙子不是每天都骑着摩托车嘛。我上次不是还问过嘛：哥哥，骑摩托车的时候，哥哥心里在想什么？"

"哦。"

"他说，什么也不想。"

"你看！啧啧……"

"我又问为什么？那哥哥回答得很悲壮。"

"他说什么？"

"因为如果思考……就会死。"

"呵呵，真是的！"

"可是，爷爷真的也那样玩过吗？"

"嗯。"

"那就不能骂那些哥哥了。"

"为什么不能？那些小崽子也骂我们啊。"

"爷爷不是大人嘛。"

"所以必须骂。我们更无聊啊，又不能骑摩托。"

"哎哟。"

过了一会儿，张爷爷低声呼唤我的名字。

"阿美……"

"嗯？"

"你怎么不跟同龄的伙伴玩啊？"

张爷爷对我的事情了如指掌，却还要这么问，这让我感觉既失落又委屈，于是使劲盯着张爷爷。

"这个……"

"没朋友？"

我不由得涨红了脸，提高了嗓门儿。

"不是，很多。最近跟我联系，想交朋友的孩子太多了。不过……水平太差了，不喜欢。太幼稚。"

207

张爷爷注视着我的脸。

"是吗？"

"是。"

"不过真没办法，看你说话的德行，和你同龄的孩子没什么两样。"

"什么？"

"幼稚啊，你。就像十七岁。"

"那你怎么不跟别的爷爷玩儿啊？"

张爷爷泰然自若地回答说：

"你不知道？水平太差了，那些糟老头子。"

我们窃窃私语，说说笑笑。我们谈论的话题比平时更加严肃和深刻。这时候，我的性格已经发生变化了。如果有什么好奇的事，我会当场提问。要是不马上问，也许以后就没有机会了。我似乎可以让自己变得急躁而轻率。尤其是面对张爷爷这样的人，那就更不用说了。即使对方的答案不一定是标准答案，但毕竟每个人的回答之中都包含着那个人的生活，仿佛只要听听对方说的话就能分享他们的时间。

"爷爷？"

"嗯？"

"爷爷是什么时候感觉自己成了爷爷的？"

"这个嘛……"

张爷爷埋头沉思。

"说到这个呀，以前我也觉得，五六十岁的家伙好像年纪很大了吧？后来等自己也到了这个年纪，我才发现他们根本不算老人。"

"真的吗？"

"嗯，也许你会觉得奇怪，我现在觉得自己根本不老。"

"啊……"

"甚至我爸爸都说我还没长大呢。"

"爷爷？"

"嗯？"

"老了是什么心情？"

"你说什么，臭小子？"

"上次，作家姐姐这样问过我。我说得含含糊糊，好像真的不知道该怎么回答。"

"什么样的怪丫头都有啊。"

"是吗？"

"怎么不回敬她。"

"怎么回敬？"

"在你们眼里，我们都是老人吧？"

"……"

"在我们眼里，你们都是将老之人！"

"哈哈，真棒！真应该这么说啊！"

"爷爷？"

"怎么了，又？"

"爷爷有什么心愿？"

张爷爷托着下巴，稍微有点儿不高兴地说：

"……只生一周的病，然后就死。"

"真的？"

"啊……不对，只生一天的病，然后就死。"

"真的？"

"嗯？不，不对，等会儿。"

"哎哟，真是的。到底是什么呀？"

"不知道，唉，我就是想死。"

张爷爷勃然大怒。

"爷爷你现在还很年轻嘛。你看，这双手比我的手嫩多了。"

"唉，反正是老了，没有人会用我。你上次送我的书里还说过那样的话。那本书是你送给我的花甲礼物。"

"啊！《我们迟早要死去》？"

"嗯，看了这本书，我爸爸哭笑不得，让我别再跟你玩了。还说你是混蛋不肖子。他要拿打火机把书烧了。"

"唉，根本不是那样的书……"

"什么不是啊。书里还说过这样的话呢，比'死亡'更坏的是'衰老'……我的心情真是糟透了。阿美，你知道我为什么心情不好吗？因为这是事实啊。真是气人，我看了封面，就想看看作家那张脸。那个乳臭未干的家伙竟然自称作家，还得意地笑呢。哎哟，我真讨厌小孩子。"

"啊？写那本书的叔叔都五十多岁了。"

"所以是小孩子嘛。"

"对了，爷爷，你有什么心愿？"

"这个嘛，重新变年轻？"

"重新年轻干什么？"

"还能干什么，蔑视大人呗，就像那些兔崽子。哈哈哈。"

"爷爷……"

这时，张爷爷终于不耐烦了。

"干什么？什么？什么？怎么了？"

"最后再问您个问题行吗？"

"咻，随便问。随便。"

"爷爷你本来就这么聪明吗？"

"这是什么意思，臭小子？"

"没什么，我就是……"

"对了，小家伙，你什么时候老老实实问过我问题啊？这就是你们的问题所在，不肯请教大人，不肯请教！"

风很轻柔。嬉笑打闹的孩子们都回家吃晚饭了，胡同里静悄悄的。很长时间，我们只是默默地坐着，谁也不说话。我本来要跟张爷爷告别，这时却不知道说什么才好了。我很想问问老张爷爷的病情。对于张爷爷从前的生活，我也很好奇。可是我马上就要离开了，似乎不能一下子问太多，也不能要求太多。于是，我只好继续倾诉自己的故事。

"对了，爷爷……"

"怎么了？"

"有个女孩子给我写信了。"

刹那间，张爷爷的眼睛里光芒四射。

"漂亮吗？"

我叹了口气，惆怅地嘀咕道：

"这重要吗？"

"喂，臭小子，当然重要了。男人一辈子就喜欢两种类型的女人。十来岁的美女，二十来岁的美女，三十来岁的美女，四五十岁仍然漂亮的美女。"

张爷爷掰着手指给我解释。

"那六十来岁呢？"

张爷爷好像早已料到似的扑哧笑了。

"美丽女人。"

啊！我不停地用力点头。

"她漂亮吗？"

"不知道，听说和我一样，没有头发了。"

"嗯。"

"不过，那个女孩子还给我送歌呢，祝我好运。"

"嗯。"

"你知道我刚收到她邮件的时候是什么心情吗？"

"什么，很高兴吧。有没有跳舞啊？"

突然间，我惊讶地想起那个蹦床的梦，然而我还是很真诚地回答说：

"好像要吐。"

"什么？"

"血压升高的时候，我就会心跳加速，感觉头晕目眩，恶心呕吐。有一次，我还靠着消防栓坐了半天呢。这次的状态也差不多吧。"

张爷爷悄悄地点了点头。

"回信了吗？"

这回我撒谎了。

"这也是麻烦事。"

"是啊，女人很麻烦。"

"可是又让人好奇。"

"是啊，让人好奇。"

"不过，看信的时候我也在想，以前我学会了那么多话，生活所需的话都学过了，可是现在我又想学习新的语言。不知道是不是因为那个女孩子，反正我经常有这样的想法。"

默默地听我说话的张爷爷说道：

"喂……"

"嗯？"

"你怎么这么复杂啊，小兔崽子。"

张爷爷又补充说：

"阿美，我活到这么大年纪，有件事终于弄明白了。小时候我也见过很多姑娘，原来还相信自己是走在前面带路呢。"

"嗯。"

"可是呢，我得意扬扬地走了半天，忽然感觉奇怪，回过头来看看，却发现自己只是沿着女人设计好的路线在走。"

"……"

"所以呢，你就不要白费力气去画什么地图了，都没用。"

我呆呆地注视着张爷爷急切的侧脸。我在脑海中描绘着从未到过的世界的地图，想起了那个女孩。我突然明白了，就像想要拥有什么一样，不想拥有什么同样也是一种贪欲。明明是二选一，却装出一无所有的样子，这也可能是一种欺骗……我不停地咬着嘴唇，终于说出了犹豫良久的话。事实上，从我走出家门的时候就在犹豫，却又始终没能说出口来。

"爷爷，其实我来是想求您件事。"

"嗯？什么事？"

"请您务必答应，否则我绝对不说。"

"什么事叫你这样？"

"爷爷？"

"嗯？"

"……您请我喝酒吧。"

张爷爷瞪圆了眼睛，怔怔地望着我。他好像在纠结什么，然后斩钉截铁地说：

"臭小子！少废话，快回家。"

我再次真诚地哀求：

"一次就行，爷爷。就是稍微喝点儿，而且我不会告诉任何人，好吗？"

"不行，你小子。"

"爷爷。"

"反正就是不行。"

张爷爷猛地站起身来，摇摇摆摆地先走了。

我给那个女孩子写信了。很短，只是礼节性、形式上的回复。

致书河：

　　你的邮件和音乐都收到了。

　　非常感谢你叫我山。

　　尽管海拔不到 140 cm，只是世界上最矮的山，

　　我还是要认真观察山里开着什么样的鲜花。

　　多保重。

　　再见。

　　点击"发送"之前，我又把屏幕上的句子检查了好几遍。哪句话该说，哪句话不必说，我看了又看。

鲜花什么的要不要删掉呢？

明明舍不得的句子，我已经删掉好多了。我很想加上这样的话，"我知道某位诗人不说'开花'，而是说'绽放生命'。是不是很形象？"最后，我终于还是忍住了。我不想写出那样的句子，谁看了都知道是明显的求爱和明显的努力。不过，我还是想留下某种余地，就像为了被人发现而故意隐藏的"错画"。装糊涂而不是否定，饶舌而不是肯定，我希望遍地种满野花。

碰到这样的事情，普通的十几岁少年会写什么呢？

应该不会故意装酷，随便发个短信了事吧？嗯，至少不会都这样吧。少年是多么胆小怕事，不过他们可以做别的事情，不是吗？比如帮忙拎书包，或者参加辅导班、参加乐队，或者当着女孩子的面大力扣篮……可是，我能做的只有这些了……所以我应该做好。光标停在发送键上，我深深地吸了口气。正要按键的时候，心底突然涌起了黑暗的气流。我感觉心情抑郁，我这是在干什么呀，或者我希望什么。

一、二、三……

不多不少，恰好是五。如果准确地数到五，那么我的眼前就会浮现出原来看似不同的世界，以及与我面面相觑、没有恶意、心惊胆战的面孔。我就像刚刚降生，初次看到自己身体的人，呆呆地注视着放在键盘上的双手。那是小小的手，皱巴巴的手，微不足道的手。那是写什么句子都不合适的手。我彻底删除已经写下的内容，重新写信。

致李书河君：

您寄来的信我收到了。

谢谢您没有说说什么加油，说什么振作，

而是祝我好运。

也祝您健康。

我心情平静地望着屏幕。虽然还是有些惆怅和忧郁，不过我感觉自己做了该做的事。至少我没做个忽视别人善意的无礼之人。这样好像就行了。我使劲咽了口唾沫，按下了发送键。邮件不像我沉重的心情，伴随着叮咚声飞走了。这是眨眼间的事。这时，后悔犹如潮水般涌上心头。

这样回复是不是太生硬了？如果说只是来往这一次，完全可以更亲切点儿的。

我想尽快去按"取消发送"，然而我们加入的网站却没有这项功能，已经不可能取消了。我怔怔地注视着"发送成功"的提示语。

"这样也好。"

就在这里结束吧，说不定还是幸运呢。差点儿……所以，嗯，差点儿就麻烦了吧？本来就快忙死了。关于女孩子多么让人疲惫，多么让人心烦，书里不是也说了吗？维特为什么自杀？罗密欧为什么会死？墨涅劳斯不是也发动战争了吗？为什么那些无辜的士兵必须因为海伦而死？难道他们没有自己心爱的人吗？情丝真乃民弊也。不管在什么地方，都会经常引发麻烦。干得好，韩阿美。你知道自己做了什么吗？你现在就是拯救自己。动用各种理由，自我劝导。从今往后再也不跟那个女孩子联系了，这个事实很让人放心。

　　一周过去了，我依然没有收到那个女孩的回复，心里感觉非常失落。我怀着侥幸的心情，每天都要翻看好几遍邮箱，确认她已经收到了我的邮件。

　　那就这样吧……

　　忽然间，我为自己展开各式想象的翅膀而羞愧。

　　她只是看完电视，突然有些伤感罢了。现在，已经过去。

　　我努力让自己相信这种情况不算什么，早就预料到了。你看，你这不是如愿以偿了吗？看到"也祝您健康"之类的托词还回信，世界上哪有这样的女孩子啊，肯定要大发雷霆。接着，我下定决心"回到从前"。

　　可是那个从前，真的是和从前一样的从前吗？

我不由得抱怨起那个不带承诺地走来，摇荡我心旌的女孩子。坦率地说，那个女孩完全没有错误，倒是我因为一封微不足道的情书而无精打采。我费了好长时间，终于斩断了初次经历的琐屑而滑稽的情丝。不久以后，当我重新回到原来的位置，勉强振作起来的时候，那个女孩又写来了第二封信。

致阿美：

你发来的邮件，我读了上百遍。

每当我多读一遍的时候，

我对你的心情又多了些了解。

你害怕了，对吧？

请原谅我随意猜测。

尽管不像你这样，然而我写信也需要勇气。

为了要你的联系方式，我跟电视台打听了三次。

看电视的时候我在想，你跳过了什么。

也许普通人觉得那不算什么，

但是我知道。

我知道你跳过的时候多么艰难，多么孤独。

好运的话让你满意，我很开心。

看美国电影就知道了，分别的时候

人们不说"再见"，而是说"祝你好运"。

我觉得这样挺好。

不是要求你振作，而是祝你幸运。

如果不介意，我可以继续写信吗？

想说的话很多，想听的话也很多。

啊，希望下次你也多说点儿！

再次祝你好运！

……我有种奇怪的预感。我不知道究竟是什么，然而的确有什么东西正要开始。我曾试图逃避的"开始"再次摆在我面前，这让我感到兴奋又恐惧，不过我还是强烈地觉得自己必须保护自己。突然间，脑海里再次袭来阵阵不安，"上帝忽然对我这么好，会不会是因为我这里还留着什么值得掠夺的东西？"好像只有我分不清这是礼物，还是考验。为此，我这边还必须继续发送信号。几天后，我

给她回了第二封信。多写一封信，不仅天没塌下来，我也有了不动
不摇的信心。

　　致书河：

　　　　谢谢你的来信。

　　　　我并不觉得，你会了解我跳过的位置。

　　　　但是你的心意我领了。

　　　　还有，我并没有害怕。

　　　　我从来就不经常害怕。

　　　　因为心脏不好。

　　　　虽然不知道你得了什么病，

　　　　但我希望你尽快康复。

　　　　这是真心话。

　　　　如果不介意，你可以继续写信。

　　　　那么，再见。

　　第三封信来得更快了。这让我很满意。

致阿美：

"如果不介意，你可以继续写信。"

读到这儿，我笑了很久。

你真是个冷冰冰的孩子啊？

我倒是无所谓，不过将来遇到别的女孩子，

千万不能这么说，知道了吗？＾＾

看电视的时候我感觉你城府很深，

好像能把自己的感情说得很有趣。

其实呢，我觉得咱们国家十几岁的男孩子都没脑子。

不对，二十几岁的人也没脑子。

今天我在医院咖啡厅里做习题集，

旁边有三个眉清目秀的大学生哥哥，听语气好像受过教育，

然而他们讨论的话题简直就是傻瓜。

而且是特意腾出时间讨论。嘻嘻

不过我又这么想，

"真想和他们一样……"

好笑吧？

我说的是真心话。

一样的叹息，一样的失误，一样的错觉，

只要我能和他们一样长大。

可是，那也许很难吧。

因为隐藏聪明要比隐藏无知更难。

对吗？

因为我属于比较聪明的女孩子。^^；

先写到这儿吧。

再见。

"阿美，干什么呢？"

妈妈正往储物柜里塞着洗漱用具，问道。

"这么早就洗漱过了？"

我情不自禁地红了脸，迟疑着说道。

"看什么呢，笑成那样。"

"没什么。"

妈妈往鼻梁和脸上擦了护肤霜，眼巴巴地望着我。她只是习惯性地问问，我却郑重其事。这样反而更奇怪了。

"什么呀？怎么笑得这么开心？"

"我都说过没什么了。哎呀，您去那边吧。"

我坚决地护住笔记本，妈妈也不甘示弱地跟我争了起来。没过多久，妈妈面带白花花的面霜，盯着我说：

"我们阿美长大了？"

"嗯？"

"没关系，妈妈小的时候也是这样。爸爸也这样。"

妈妈好像在哪儿读过"做个好父母，青春期篇"，假装很有素养的语气像极了那些菜鸟演员。我哭笑不得，忍不住叹了口气。

"妈妈……"

"嗯？"

"看到不雅的照片，妈妈会笑吗？"

我们几乎每两天就通一次信。既有一两行的短文，也有必须往下拉很久的光标才能看完的长文。最夸张的时候，每天要来往三封邮件。我上午发信，她下午回复，然后我还要在晚上发送消息。

致阿美：

偶尔我睡不好觉。

凌晨就醒了。忽然觉得很难过。

但是近来，当我再睁开眼睛的时候，

我想或许你也醒着吧。

这样想的时候，真奇怪，心情轻松多了。

初三那年，班主任老师对我非常照顾。

如果同学们吵闹或者没完成作业，老师经常会说：

"看看人家李书河。"

"虽然生病，可人家多踏实多稳重啊。"

可是不知从什么时候开始，我不喜欢听老师这么说了。

我喜欢看朋友们都鼓足了劲。

我也喜欢反省、学习，感恩一切。

可是，我为什么必须生病，这让我无法理解。

老师很爱我，

不过也许更喜欢别的同学吧。

就像此时此刻的上帝。

再联系。

一天好心情！

致书河：

　　我也有午夜梦回的时候。

　　这时我什么也做不了。

　　隔壁病床上的叔叔非常敏感，

　　对面床上的爷爷睡觉更浅，至少三倍于他。

　　每当这时，我就回想很久以前想过的故事。

　　这是不用开灯也能做的事情。

　　没有灯光也可以顺利进行。

　　就像从前的人们制造孩子的时候那样。

　　上午我读科学杂志。

　　杂志上说，人会在宇宙中爆炸而死，

　　因为外部的力量比内部的力量更强。

　　我想，这件事应该告诉你。

　　迄今为止，我们大部分都是比我们的外界力量更强大的存在。

　　今天就写到这儿吧。

　　再见。

致阿美：

这几天我和爸爸住在寺院里。

最近爸爸很关心非常规疗法。

可是这儿的僧人说我长得像桔梗花。

我们的住处附近有条河。

水声很响的河。

爸爸说这是"white noise"。

白色噪音。

人的身体里就有好听的声音。

夜深人静时打开门，声音会汹涌而出。

我的身边，

有什么东西在努力而活跃地蠕动，这让我很放心。

以前，每当写下"幸福"两个字，我就会发呆。

最近我感觉那也是一种勇气。

所以我渴望拥有。

尽管不知道上帝会不会欣然赐予，

不过我还是这样决定了。

如果我真的拥有了，

那么我会跟你分享。

期待真的有这么一天。

再见。

致书河：

天气很冷。

尽管整天开着加热器，然而世界上没有什么能够战胜地球的意志。

不过在寒冷面前，一切都趋于相同，我喜欢这种感觉。

我直直地注视着风。

只是有时眼睛酸了，我不得不转头。

有时候，我还是要恐吓寒冷。

是的，我很脆弱。

当然，也不是你想象的那样脆弱。

夜深人静，我希望你能熟睡，不要独自醒来。

也希望你能得到全力以赴帮助你熟睡的光和风，

以及树木的支持。

还有看似什么也不做却又总在做什么的白色噪音。

再见。

致阿美：

我又住院了。

在乡下吃着像草似的东西，忍着疼痛。

我又怀念像可乐一样的镇痛剂了。

爸爸好像也不忍心看我挣扎了。

反正现在已经来到这里。

我会给你消息的。

今天好心情！

致书河：

你的信里同时出现了"挣扎"和"好心情"，

这让我感觉很奇怪。

这样的时候，你怎么忍受呢？

"我又怀念像可乐一样的镇痛剂了。"这样说出来之后，感觉

会好些吗？

我不相信宗教，但是偶尔会有想要祈祷的时候。

尤其是像你说的"挣扎"的瞬间，

人们会紧接着问我"向谁祈祷？"

那么我会以世界上最冷漠的表情回答："随便向某个人。"

是的，随便向某个人。

如果有哪位神灵最先回应我的祈祷，

我就对他说。

如果我遇见神，我一定转达你的问候。

所以你的今天，必须快乐，最后能记在心里。

再联系。再见。

我们之间不是那种真切的书信往来。我们不知道对方的手机号码，原本可以用短信交流的琐碎话题也要通过邮件传递。这也能让我们体会到别样的快乐。

致阿美：

今天有个好玩的事。

这里有三位陪护病人的奶奶。

她们属于同一家公司，看样子非常熟悉。

躺在床上，听她们聊天，

几乎感觉不到时间在流逝。

这样的风景你也熟悉吧？ ^ ^

今天早晨，另一位陪护阿姨到我们病房来玩。

她说起自己陪护的病人。

她说要给自己负责的爷爷洗澡，

然而这位爷爷不肯暴露身体，好几天都拒绝。

今天他说要先洗澡，她走进浴室才发现，

老爷爷坐在里边，穿着用黑塑料袋做成的内裤。

他的一条胳膊打了石膏，却用剪刀和胶带亲自做了内裤。

这得需要很了不起的专注和努力吧？

听完以后，几个奶奶哈哈大笑着说："还真像个男子汉。"

我也转过身去，忍不住笑了。

那位爷爷的自尊心我很喜欢。

如果有好玩的事，我再告诉你吧。

今天好心情！再见。

致书河：

对了，我这儿也有件好玩的事情。

我们医院有位叔叔，几个月来总是出出进进。

他像我爸爸似的在医院里冲淋浴，坐在挂号处的椅子上看电视。

他也吃其他陪护人递给自己的饮料和点心。

如果有人问，那位叔叔就泰然自若地说："我是某某的陪护人。"

然而他说的"某某"变化多端。

有时是201号，有时是406号，有时是703号。

最近，这位叔叔被人发现是流浪汉。

当然，现在他不在这儿了。

也许他又去别的医院蹭觉睡了吧。

说不定他曾经和你擦肩而过呢。

如果你遇见某个相似的人，

请代我向他问好。

悄悄告诉他：

"别被人发现了。"

致阿美：

嘻嘻，昨天看到你的信，我笑了。

今天没有力气，就说这些吧。

因为怕你一直等着。

祝你开心。

致书河：

说到逗人笑，我很有信心呢。

随时给我来信。

激动的日子在继续。我说，她答。她又说，我再答。一个句子能支撑一天，一次呼吸也能激动一天。我们不是那种直呼姓名的关系，却也因为有个能聊天的朋友而开心。为什么张爷爷喜欢跟我做朋友，现在我好像知道了。那些日子里，一切都有意义，一切都变得重要。她说过的话，她写的词语，她送来的歌曲，她留下的余白，全都变成了暗示。我成为这个世界的注释者、翻译者和解释者。我倾斜上身，试图端详和抚摸什么。我猜对了。喜欢某个人的时候，这个世界跟着变得更美好了。看到我的气色越来越好，爸爸妈妈也很高兴，还以为医院的治疗起到了效果。可是我每天忙于收发邮件，竟然没有察觉到妈妈每天都在服用奇怪药物的事实。我只以为那是复合维生素，然而妈妈的言谈举止越来越迟钝，气色也越来越不好了。有一天，我决定问问爸爸。

"爸爸，妈妈是不是有什么不好的事啊？"

"啊？怎么了？"

我看见爸爸有些慌张。

"妈妈最近有点儿浮肿，是不是因为我呢？"

"哦，不是。你妈妈的皮肤本来就不好。不过，最近你不怎么说话，也许她是渴望得到你的关心吧。"

"不是的，我就是有点儿忙。"

"忙？你忙什么？"

"爸爸你不知道，反正我要做的事情也挺多。"

"是吗？"

"当然了。"

这时，爸爸狡猾地笑着说：

"嗯，好像是这样。爸爸带了点儿东西。想要头脑冷静的时候用吧。"

"嗯？什么呀？"

"等着看吧，家里来了大家伙！"

爸爸掏出了藏在床底的纸包，然后飞快地拿着系有丝带的盒子，递到我面前。

"来喽！"

"……"

"不喜欢？"

"啊？我就是……"

"不开心？这个？怎么会这样呢？这个不喜欢吗？"

"不是，喜欢。爸爸买的吗？"

"不，一位观众寄来的，说是要送给你。"

我怔怔地注视着爸爸手里的盒子。侧面干净利落地印着 PSP 的字样。爸爸又从纸包里掏出另一个盒子，上面画着天真无邪的布偶。好像是游戏里的角色。

"这东西好像爸爸更喜欢吧？"

"……是吧？不过这是给你的东西，属于你。"

"真的吗？"

爸爸犹豫着回答说：

"当然了。你先试一试，试个两三次，如果还感觉没意思的话……"

"嗯？"

"给我。"

4

　　胜灿叔叔来探望了。叔叔身边是我从没见过的阿姨，服饰高贵而端庄，看上去平易近人。我一眼就看出她是秀美阿姨。阿姨看见我也很高兴，"天啊，你就是阿美？"她跟妈妈问东问西，然后就去了休息室，享受两个人的时间。秀美阿姨告诉妈妈，她有很多话要对妈妈说。我妈妈也说有很多很多话要问她。我猜，她们两个人的谈话不会太久。妈妈的嗓门儿比平时高了半个音，谁都能看出他们的关系有点儿尴尬。病房里只剩下我和叔叔两个人。胜灿叔叔坐在病床下面的辅助椅上。我把笔记本放在旁边，直视着叔叔。

　　"身体怎么样？"

　　"还不错。"

　　"节目播出以后，有没有人认出你来？有人找你签名吗？"

　　"偶尔吧，更多的是来信。"

"是吧？电视台的留言板上也有很多帖子。你知道吗？"

那些帖子我都看了，这个事实让我很羞愧，于是连忙岔开话题。

"是吗？那我得去看看。"

"对了，你的桌面怎么用这个？"

"怎么了？"

"有那么多女团，你为什么选桔梗花啊，像个老人。"

"为什么，那又怎么了？"

病房里面很安静。午饭时间过了，病人们出去散步，或者服药之后在午睡，很多时候病房里悄无声息。

"嗯……叔叔？"

"嗯？"

"叔叔学习好，人也很帅，应该有很多女朋友吧？"

胜灿叔叔有点儿难为情。

"哦，还行吧。"

"那么，叔叔应该很了解女人吧？"

叔叔扑哧笑了。

"怎么会呢。"

"真的吗？"

"这个嘛，别看叔叔已经结婚了，可是说到女人，我现在还是不太了解。"

"嗯，原来是这样。其实呢，最近我也有点儿好奇，就在网络词典上查'女人'这个词。那上面说'生为女性的人'。然后我再查'女性'，那上面又说'从性的层面上称呼女人的词语'。唉，真没办法。"

"词典本来就是同义反复嘛。有的作家干脆就使用自己的词典。"

"谁啊？"

"诗人都这样。"

叔叔微微地笑了笑。我忽然想起了从前叔叔送给妈妈做礼物的诗集的题目。我觉得应该替妈妈问点儿什么。

"叔叔？"

"嗯？"

"叔叔您喜欢诗吗？"

"嗯，原来喜欢。"

"那您读过《悄然而立》吗？"

忽然，叔叔愣住了。他的脸色轻轻闪过捉摸不透的笑容。那是"成年人"自信的微笑，相信自己能够轻而易举地粉碎十七岁少年的挑战。

"当然。"

"那么，关于拿着诗集打动女孩子的芳心，您怎么想？作家写诗的初衷好像不是这样吧。"

叔叔在深思熟虑之后说道：

"是的，那不是为此而写的诗歌。"

"真的吗？"

"嗯，不过我想，作家本人应该也很高兴吧。他会不会想，毕竟我的诗歌被用来做好事了？"

"……"

我的问题还有很多，然而这时我还是闭上了嘴。我预感到弄不好会把我自己也卷进去。我们没头没脑地聊着各种话题。我忽然意识到，虽然胜灿叔叔不像张爷爷，却也是能和我交流的人。于是，我又想炫耀那个女孩子了。我碰到了什么事，那位朋友又是多么出色，如果只有我自己知道，那实在是太抑郁，太烦闷了。

"对了……我还要谢谢叔叔呢。"

"嗯？怎么了？"

"您把我的邮箱告诉了她。李书河，她跟电视台问了三次呢。难道不是叔叔告诉她的吗？"

"哦？我想不起来了。应该是作家告诉的吧。这个……叔叔回去批评她。"

"不，不要这样。正因为这样，我才有了新朋友。"

"是吗？那孩子怎么样？"

"嗯，现在我也不太清楚，不过那个女孩也在医院。跟我同岁。"

突然，胜灿叔叔使劲眨了眨眼睛。

"病了？你说那孩子病了？"

"是的。"

"然后还跟你通信？"

"是啊……"

叔叔转着眼珠，沉默不语了。片刻之后，他又愉快地说道：

"臭小子，怪不得跟我打听女人的事。你够阴险啊。"

"啊？没有。我就是无聊才这么说嘛。对了叔叔，刚才我说的话要对我爸爸妈妈保密哦，只能让叔叔知道，知道吗？"

"呵呵，知道了。这是什么？"

胜灿叔叔指着储物柜下面的纸盒子问道。

"啊，这是观众送来的东西。"

"包装还没打开呢？"

"对。虽然很感谢，不过我不太喜欢玩游戏。"

"是吗？我儿子天天就知道玩电脑，让人担心，他要是能跟你学学就好了。"

客人离开之后，我又打开了笔记本。电脑发出嗡的声音，慢慢地启动了。系统重启之前，我无聊地打量着周围。突然，我的视线停留在叔叔说过的盒子上面。画在盒子上的布偶看着我，依然在咧嘴大笑。粗毛线编织的皮肤、硕大的脑袋、肚子中间像手术痕迹似的拉链、瘦削的胳膊和腿。我的手情不自禁地伸向盒子，读着说明书，到处摩挲。

游戏名称叫作"小小大星球"（Little Big Planet）。播放导览画面，露出了呆坐在小玻璃管内的布偶。2D和3D合理搭配的画面非常有趣。布偶的神情可爱又可怕，愉快又悲伤。它在黑暗中被聚光灯照亮，胡乱摇晃着身体。随后，像是为儿童节目配音的女声爽朗地响了起来。

"在小小大星球，你是小小。这就是你。是不是很小很可爱？小小大星球上可供游逛的地方很多。那么，现在就让我们高高兴兴地开始吧？"

女人一丝不苟地介绍着游戏键的操作方法和规则。

"突破重力规则，跳得更高，这在小小大星球是必需的能力……也许你已经听到过这样的忠告，不要随便去陌生的地方，不要随便去碰不属于自己的东西。这个魔法般的世界却鼓励你随心所欲地游逛、触摸。"

嗯，有点儿意思吧？

按照女人的指导，我尝试着按下各个按钮。小小随着按钮慢慢动弹，而我的身体里也升起阵阵刺激的电流。我感到很不寻常的气氛，于是紧盯着画面。她又介绍了装饰角色的方法。

"如果想在小小大星球成为又帅又有魅力的人，那么你必须知道如何获得装备，还应该学会如何搭配服饰。按下最上面的按钮……还有神秘的魔术和悲剧，哇呜！现在，你是不是已经成了小小大星球里的名人？或者成为笑柄，哈哈哈哈。"

我揉了揉朦朦胧胧的眼睛，静静地注视着显示器里的布偶。赤裸裸的布偶没穿衣服，没有头发，也没有眉毛，却总是看着我微笑。

5

　　我们之间的关系发生了变化。时间造就的句子、节奏和温度相互混合、发酵，最终引起了化学反应。我会随时打开"发件箱"，阅读我写的邮件，然后翻出"收件箱"，反复阅读她给我的邮件。

致阿美：

　　昨天早晨，我醒了一会儿，

　　再也没能入睡。

　　那时我靠着床角，戴着耳麦听音乐。

　　我感觉世界上只有

　　这音乐的发信人和收信人。

　　那是很舒心的孤独。

尽管我们已经拥有很多很多的词语，

尽管我们什么话都会说，

然而有时候还不够，需要歌唱和倾听。

上帝用音乐和人们协商。

看来光用语言不行啊，上帝。

他让我们离开人群，越来越远。

我郁闷难当，帮帮我吧，拜托了。

我们纷纷抗议。

对不起，通过音乐再坚持一下吧，

于是他送给我们音乐的礼物。

怎么样？听起来还有点儿道理吧？＾＾

假装无力克服，假装接受上帝的道歉，

今天我又在听音乐。

特别是像今天这样艰难的日子。

阿美，我，如果我重新出生

我不会节约健康，竭力关注健康，

我要浪费健康，虐待健康，我要活得放荡。

我要在众人面前放声大笑，炫耀我的幸福。

致书河：

你好，天凉了。

以后还会更冷吧？

也许是因为出生在温暖的日子，我怕冷。

然而无论我是谁，无论我是否生病

风从不顾及这些个人情况，依然有幸灾乐祸的时候。

这样的时候，不知为什么，我想捍卫我的自尊。

小时候，如果哪个词语让我不安

我习惯于抓住它，久久地把玩。

我用它编故事，懵懂地想象。

有时，这个词语太单薄，狼狈而凄凉。

我用它什么也做不了。

可是最近，因为有语言，

因为我有语言，

疼痛似乎减轻了。

我也有音乐送给你，

这是对你以前送给我的《Antifreeze》的回报。

再见。

同时发送的音乐是电影《关于莉莉周的一切》的原创音乐，题目是"Glide"（滑翔）。身穿校服的男孩站在旷野中央，戴着耳麦听音乐。这部预告片给我留下深刻的印象，我还记得自己搜索过电影。男孩被绿色淹没，不知道他在听什么，只是神情显得很苍茫。我也曾搜索过那首曲子。美丽的歌曲。我故意没发歌词。正如她曾对我做的那样，我也希望给她机会，让她先解释、翻译和发现。让对方有事可做，这也是关怀和游戏的方式。我没有让出位置，而是过去和她并肩坐在空空的地方。我也算做了自己该做的事。

I wanna be

我希望

I wanna be

我希望

I wanna be just like a melody

我希望变成悦耳的旋律

Just like a simple sound

就像简单的声音

Like in harmony

就像和声

I wanna be

我希望

I wanna be

我希望

I wanna be just like the sky

我希望变成天空

Just fly so far away

远远地飞翔

To another place

飞向另一个地方

To be away from all

远离一切

To be one of everything

成为一切

I wanna be

我希望

I wanna be

我希望

I wanna be just like the wind

我希望变成风

Just flowing in the air

在空气里流淌

Through an open space

穿过开阔的空间

I wanna be

我希望

I wanna be

我希望

I wanna be just like the sea

我希望成为大海

Just swaying in the water

在水中摇荡

So to be at ease

自由自在

……

　　这首歌以"希望"开始，也以"希望"结束。很简单，也很朴素。我戴上耳麦，站在她的立场上又听了一遍。我的眼睛变成她的眼睛看歌词，我的耳朵变成她的耳朵倾听音符。随着平衡器的波动，歌曲变成行星发射的电波，拥抱着期待解读的梦，远远地传向另外的行星。多么孤独的旅行。当然，这不是没有意义的旅程。尽管两人之间的宇宙无比黑暗，无比寒冷，那也没关系，因为我们——

　　不会冻结。

　　致阿美：

　　《Glide》

　　我很爱听。

　　我喜欢那种轻松唱出来的歌。

　　也许是因为我自己没有力气的缘故。

　　听着他们的哼唱，

　　我能感觉到他们有多么热爱生命。

即使不鼓掌，我也在暗自点头。

我也调匀了呼吸。

然而那个女人，怎么会如此凄凉地诉说自己想要成为什么的渴望。

仿佛她早已经知道，我们根本就不可能。

反正上帝应该知道，

就是因为你阿美，我今天对他的失误视而不见。^ ^

再联系，晚安。

这期间，一个季节过去了。就在我们来往的邮件中，就在愉快的玩笑和分享的音乐里，花已凋谢，树木枯瘦。只要再过一个季节，春天就该来了。还有夏天、秋天……享用着转瞬即逝的事物的精华，我们处在坚信自己永远不死的年纪，朝着刹那的顶点奔跑。一天，又一天过去了。我比以前更了解她了。然而很奇怪，了解得越多，我的好奇心也越强。不是关于她的价值观或者信仰之类宏观的东西。我想知道她的血型、鞋码、生日、喜欢的颜色、爱惜的物件，还有她讨厌的科目。就像网上流传的让人怀疑是什么人制作的"百问百答"。有一次，我差点儿就复制下来，给她发过去了。尽管无数次下定决心"不要这样"，然而我还是在网上搜索过她的 ID。我知道只要有邮箱地址，就能找到几条身份信息。遗憾的是，搜索窗口什么也没有。我找不到关于她的蛛丝马迹，比如她曾去哪个购物网站买东西、为哪部电影写过影评、加入过哪个论坛。我没想过要她的电话。最好还是保持距离，我不想给她增添负担。我从未想过和她见面，或者拉手。不，坦率地说，我有过几次这样的想象。我很想知道接吻是什么感觉，我曾悄悄地吸过自己的嘴唇。当然，这样不会有什么感觉。我也知道，这样的事情不会，也不可能发生在我身上。只有一次，我放纵了自己的欲望。因为我觉得这种程度还是可以允许自己试一试的。我的愿望很简单，而且只有一个，那就是看看她的脸。哪怕不是本人，而是照片。我跟她说了。我喜欢你写的句子，比小说还喜欢，比电影还喜欢。然后，我又补充了下面的话。

"不知道从什么时候开始，我总感觉周围的风景和事物都是最后的风景和事物了。换句话说，我看它们又像初次相见的时候。对不起，跟你说这么灰暗的话题。不过，最近看你的邮件，我总是冒出这样的想法。我想趁着眼睛还没瞎，该看的都应该看看，看到令人开心的东西，那是多么幸运啊。我犹豫了很久，终于还是跟你说了。如果你不介意，给我发一张你自己满意的照片吧。无论是你生病之前还是你小时候的照片，我都高兴。不知道你会怎么想，反正这话要是不说，我肯定会后悔，所以才提出这么无理的要求。即使你拒绝了，我也绝对不会难过。"

几天过去了，没有回信。这期间，我辗转反侧，两次发送道歉信。当然，还是杳无音讯。我抱着脑袋自虐，"啊！我怎么会这样！"想到全让欲望弄砸了，我郁闷不已。接连几天，我都沉浸在发出去的邮件里难以自拔。吃饭的时候、接受物理治疗的时候、坐在马桶上的时候，我总是想起她。这时我恍然大悟，原来等待回复要比写信更为艰难。写信是自己的事，然而收信却不是这样。发信人和收信人，至少要两个人，收信人必须确信自己收到了什么才能回复，这就是"沟通"。如果坐着不动，那就什么也不会发生，也就是说正因为我"做了什么"，事情才会发生。那不是用手或用脚而是用"心"去做的事……处方药不足以抵达对方的"心"……我又在心里翻腾，难道她出了什么事？因为在这个地方，无论多么生龙活虎的人，每天都必须几度穿梭于绝望和希望之间。某个瞬间，我担心她会用脚踢开那些毫无来由的乐观。人一旦想到要放弃，就会想要放弃所有。说不定也包括我……

当我走到悲观的尽头，精疲力竭的时候，她终于送来了迟到的问候。这是岌岌可危的时机，别人看了会认为是恋爱悼词。我紧盯

254

着收件箱目录上的她的名字。看到的瞬间，心在怦怦直跳，然而我的感受很复杂，不仅是单纯的喜悦。我……想复仇。这样的想法实在是始料不及。打开邮件之前，我已经开始寻找惩罚她的办法了。我要让她感受到我的感受。我要让她体验我的体验……我太卑鄙了。这就是我选择的严厉惩罚。现在，我很生气。你应该知道。那么，这封信……

明天再读吧。

为了按捺住看信的冲动，我需要超人的力量。整整一天，我都努力让自己不去靠近笔记本。一周了，我都因为"怎么？难道我已经变成弱者了"而郁闷，我不想错过这短暂的微不足道的甜蜜的权力。当她点击"收信确认"并且看到"未读"标志的时候，必将感到失望和焦虑，我也不能错过。也许这想象本身就是提醒我已经在游戏中失败的信号。可是，等待的快乐几乎接近于痛苦了。结果我惩罚的不是她，而是我自己。奇怪的是我又在享受这样的惩罚。反正，我就是开心。哪怕这是病，我也做好了喜欢它胜过我经历的任何疾病的准备。只有经历所有的疾病，我才能继续生活。正如感冒、麻疹，或者游戏中的擦伤，有的疾病会告诉你不经历疼痛就不能长大。第二天早晨，妈妈刚走我就打开了笔记本。

致阿美：

抱歉，回信晚了。

这期间我做了大手术。这是第二次了。

据说结果还不错，也许并不可信。

我爸爸，以前经常跟妈妈撒谎。

他总是跟我唠叨，这个不能做，那个不能做，

自己却每天都抽烟，喝酒。

这样看来，人也不是经过考验就能学到什么吧。

明明对身体有害的事为什么还要去做呢？

可是看到爸爸在烟雾缭绕中获得平静，

偶尔我会觉得，也许我们的身体喜欢死亡。

甚至这儿的医生也是出了名的烟鬼。

奇怪吧？

这世界啊，真是充满了怪异。

照片嘛，我犹豫不决。

不过，我见过你，你却没有见过我，这似乎不太公平。

我了解你的声音、你的表情，甚至还见过你的父母。

所以发给你这张照片吧，也许不够。

我自以为鼓起了勇气，你不会挑刺吧？

希望今天你的眼睛里也会充满该看的东西、开心的东西。

再见。

我点开了邮件下方的图片文件。屏幕上哗啦啦展开了硕大的照片。照片里面是可爱的小手，像枫叶。背景是蔚蓝的天空，那只手仿佛要抚摸太阳，伸直了胳膊。

好嫩的手……

虽然有阴影，看不太清楚，不过那分明是"年幼"的手。照片状态不是很好。好像出自像素不高的老式数码相机。那种粗糙而久远的质感反而让人感觉很亲切。我久久地注视着她的手。某个瞬间，我也把手静静地贴在屏幕上面。这时候，我的手和她的手隐约地重合了。也许是因为电脑的热量，温暖的气息在液晶屏幕上蔓延开来。

6

　　我们的关系又回到了从前。当然也不像从前那样频繁通信，不过我们开始交流更亲密更舒服的话题了。比如，她会在邮件结尾附上琐碎而无谓的"又及"。她也喜欢聊些我不太关心的艺人八卦，或者美容类的话题。我相信，真正的友情就从这个时候开始积累。有一天，她尽情地跟我讲了很多自己喜欢的笑话，然后附上这样的"又及"。

　　"你说你想成为全世界最搞笑的孩子吧，我还记得这话呢。嘻嘻"

　　我也尽可能轻松地配合她的话题。

　　"那么，你长大了想干什么呢？"

　　这样问过之后，我又真的很想知道她的梦想。第二天，她回信了。

　　致阿美：

　　　　两个版本。

按照大人们的说法就是"双重账簿"^^

首先，爸爸问的时候我这样回答：

我想当医生。

爸爸的脸上会幽幽地弥漫着悲伤和骄傲。

我知道这样的回答能让大人高兴。

如果旁边的陪护奶奶问我，我就这样回答：

我想当律师。

那个奶奶连连点头，仿佛她早就知道这是很好的职业。

她的表情好像在说，嗯，就应该有这样的梦想。

此外我的答案还有很多，比如外交官、记者、老师、园艺师
等等。

不过呢，我给自己的却是这样的答案：

其实我想当作家。

呵呵，一旦说出来，还真有点儿不好意思。

反正也没什么，梦嘛。对吧？

直到现在，我还是觉得会写文章的人最酷。

我从来没跟别人提过这件事，你也要保守秘密哦，知道吗？

说起来这才是开始。我真不应该问她有什么梦想。读完这封信，

我犯下了无法弥补的错误。我竟然毫不犹豫地告诉她我正在写东西。既不能称之为小说，也不能说不是小说，只是因为有话要对父母倾诉，就随便写下来了……我说这些只是想在她面前表现自己，然而她的反应却很真诚。书河说她从开始就觉得我很特别，看来自己的眼光没错。她还说对我写的东西很好奇。直到这时我才知道自己到底干了什么，连忙翻看电脑。我要向她炫耀的文章早已经删掉了。我心怀侥幸地翻看回收站，还是什么都没有。我胡编乱造说还没写完，不便示人，同时希望她能忘记我说过这样的话。然而她每当快要忘记的时候便来催问。我是哑巴吃黄连，有苦说不出，只能重新写了。谁让她说会写文章的人最酷呢，真没办法。

　　我在笔记本硬盘上存好工作内容，然后便发走了邮件，同时又用"写信给我"的功能，也把邮件发送给自己。这台古董笔记本不知道什么时候会崩溃，而且也是出于上次删除全部文档之后彻骨的懊悔和教训。只要有时间，我就埋头创作这个羞于称作"小说"却又酷似"小说"的东西。想到稿子还要给别人看，我不能随便瞎写，最好让自己也满意。写下第一段之后，后面的段落也就比较自然地接续下去了。我利用句子的节奏感，融入反复和差异，文章显得非常温柔。写作的时候，我意外地想到这不是为了那个女孩和我的爸爸妈妈，更是为自己而写。

　　致书河：

　　　听说我爸爸和妈妈初次见面是在山里。

那年他们十七岁，跟我同龄。

当时爸爸被学校停了课，整天在家玩，

（幸好是暑假）

心烦意乱的时候他就去附近河边游泳。

那里有个只有爸爸知道的秘密场所，

（据说现在已经被水淹没了）

也是妈妈和爸爸初次相遇的地方。

妈妈第一次出现在那儿的时候，

（至于如何出场，至今还是秘密！）

爸爸还以为是仙女下凡呢。

我并不讨厌爸爸的夸张。

虽然我希望自己诞生于他们两个的爱情，

不过出生于适度的谎言也没关系。

不知道为什么，我预感到，

故事里的两个人会有好的相遇。

所以，再稍微等一下，好吗？

虽说长大成人

就是渐渐习惯于失望的过程，

不过文章，也许能恰好包容失望，

也许能让人"更好地"失望吧。

希望有一天也能读到你的文章。

回头再写吧。再见。

恰在这时，胜灿叔叔打来了电话。他打的是病房冰箱上面的公用电话，陪护奶奶转给了我。幸好，妈妈不在场。电话响的时候，我正在修改稿子。胜灿叔叔道了几句简单的问候，然后切入正题。

"阿美，你现在还有联系吗？那个给你写信的女孩。"

"有。"

"知道电话吗？"

"不知道。"

"那你能告诉我她的邮箱吗？"

"怎么了？"

"我想问她点儿事。"

我压抑着心里的不安，回答说：

"什么事啊？"

胜灿叔叔尽量和蔼地解释说：

"电视台开会了，有人提议介绍你和那个女孩，你们两个的故事。"

"……"

"阿美？"

"……"

"喂？"

突然间，胜灿叔叔的"职业精神"让我火冒三丈。许久之后，我终于镇静情绪，还算礼貌地说道：

"好像不行吧。她以前跟我说过，她说自己不喜欢被别人关注。您最好还是不要跟她联系。"

然后我下定决心，从今往后我再也不会向他吐露秘密了。

"如果她说不喜欢，那么叔叔当然不会强迫。难道问问也不行吗？再说阿美你对她不是也很好奇吗？"

"……"

"说不定你们两个人还能见面呢。阿美你也做过电视节目，应该知道好处挺多吧？也许对那个女孩还有帮助。"

别的话我都没听见，"说不定你们两个人还能见面……"这句话萦绕在我耳边。很长时间，我什么话也没说。结果，我还是改变主意，告诉了叔叔。

"可是……我这么随便透露她的邮箱，书河要是生气了怎么办啊？"

我感觉电话那头的叔叔终于放心地吁了口气。

"叔叔好好跟她解释，别担心。"

那天夜里，我意外地收到了她的邮件。回信比平时稍晚，我感觉有点儿奇怪，而且字里行间的语气也很不寻常。

致阿美：

今天，我想说点儿特别的事情。

问个彼此都很好奇的事，怎么样？

机会只有一次，而且谁也不许生气。

你先开始。

她没说什么，看来电视台还没跟她取得联系。不过，还是有点儿不像平时的她。她跨越台阶，渐渐走近，这让我很开心，同时又感到不安。女人果然是不同寻常的存在，不可预测，又不可捉摸。当然，如果她真想这样，正好我也有话要问。说不定她也有着同样的愿望。我给她的回复只有一行。

致书河：

　　你得的是什么病？

回复比任何时候来得都晚。

致阿美：

　　原来你想知道这个。

　　我不是有意隐瞒，很抱歉让你开口来问。

　　现在，我跟着爸爸生活。我小的时候妈妈就去世了。

　　那是很久以前的事了，

　　不过我依然记得妈妈讲过的无聊的玩笑，

　　妈妈喜欢的纤维柔顺剂的味道，

　　还有妈妈叠衣服的独特习惯。

　　我想，我是永远都无法摆脱这些了。

　　其中有一个最让我难以忘怀的场面，

　　就是我和妈妈吃着饭看电视的日常风景。

　　当时，我们看的节目是"寄望芳邻"。

　　妈妈刚用勺子舀了汤，忽然说了这样的话：

　　那里面的人好像也没什么理由，就变成这个样子了？

我只是懵懂地点了点头。

既然如此，那我们家人也会没有理由、无缘无故地

发生这样的事啊，不是吗？

妈妈很担心。

那段时间，妈妈好像很幸福。

要不然怎么会那么恐惧。

对了，妈妈说她看到爸爸上班也会忐忑不安。

要是这个人突然出事，那该怎么办？

妈妈说她会莫名其妙地感到心酸。

当然，看着我的时候也会这样。

几个月后，妈妈的骨髓里发现了癌细胞。

妈妈也是刚刚知道这件事。

最后知道的人是我。

妈妈有很严重的洁癖，

别人一年都未必往衣柜上面看一眼，妈妈却几乎每天都要擦

拭上面的灰尘。

直到去世之前，妈妈还数次要求爸爸给她擦洗身体，

她问爸爸自己身上是不是发出了难闻的气味。

有时几乎疯狂，近乎自虐。

有一天，爸爸忍无可忍地对妈妈大喊大骂。

对，有味，而且很难闻。

然后扑通坐到地上，哭着说：

我知道，我已经知道了，所以你要给我活着，继续在我身边

发出难闻的气味……

阿美，你不是问我得的是什么病吗？

我也得了妈妈那样的病。

我用了好长时间给她回信。

致书河：

今天下了倾盆大雨。

也许天气要冷下来了。

周围响起大地转凉的声音。

这个季节过后，我们又要长大吧？

等你十八岁了，我会祝贺你。

我不怎么照镜子。

即使不愿照镜子，

我也能从别的孩子脸上看见自己的脸。

虽说我不知道应该怎么说明这张脸，

然而我的单词本里却冒出了这样的话：

在医院长大的脸……

当然，等我到了十八岁，我也会祝贺自己。

小时候，我也不知道自己会发生什么事。

即使知道了也没有用。

无论走到哪儿都夹着《圣经》的邻居阿姨

跟我说过这样的话：

一切痛苦都有意义。

不过，这话安慰不了我。

我需要的也不是意义。

我只是需要我的年龄。

现在还是很想拥有。

以前我曾怀疑你是不是想利用我。

正如有人需要上帝，

有人需要谎言，

有人需要止痛剂，

也许你需要比你更痛苦的人。

我甚至不想回复你的问候。

可是现在，我的想法改变了。

假如你真的需要，

那我也愿意给你。

为什么？因为我喜欢你，因为我别无所有。

以前我也相信自己能够坚持。

我努力做个活泼开心的孩子。

然而我好像不是这样的孩子。

欺骗了心灵，身体马上就会察觉。

对了，你也知道吧？

忽然回过神来，我发现自己在胡作非为，

发现自己身处陌生的地方。

我还是第一次说这件事，

几年前，我曾经跑出医院。

真的没想什么，就是冲动。

好像再不逃跑我就要疯了。

我只穿着病号服，像无头苍蝇似的冲上街头。

幸好是清晨，周围还没什么人。

当时我是在设立于郊外的新医院。

早晨空气凉爽，周围很荒凉。

我穿着拖鞋，身无分文。

我在徘徊，想要离开这儿。

然而我又不知道该去哪儿，像个迷路的孩子。

突然间，远处有人呼啦啦向我跑来。

像潮水，突如其来。

我惊讶地后退，心想，稍不留神我就会被淹没了。

那些人都穿着同样的衣服，

无袖T恤、短裤、运动鞋……

对了，原来那天早晨有马拉松比赛。

那么多人与我擦肩而过，令我头晕目眩。

黑人、白人、东方人……各式各样的人种

炫耀着健康的身躯和肌肉，转眼间就过去了。

然后，街道又空了，

剩下我自己。

好像是第一次吧，

我蹲在地上哭了很久，很久。

书河，

治疗的时候是不是很痛苦？

这段时间你该有多痛啊。

如果那些痛苦我都不知道，那该多好。

你是女孩，承受的痛苦应该比我更多。

我飞快地失去了自己的脸，甚至忘记了

曾经有过的事实，

不过你还记得自己生病之前的脸。

怀念曾经拥有过的东西

和想象不能拥有的东西，

哪种更不幸，我不得而知。

如果非要做出选择，我想我会选择前者。

我不知道应该跟你说什么，

不过有个句子浮现在脑海：

书河啊，

我因为有你而开心。

两天后，她给我回信了。她的语气比提到妈妈的时候和缓许多，然而她的平静又让我感到不安。

致阿美：

你的"书河啊"让我看了好久。

知道吗？

你还是第一次这样称呼我呢。

你也讲了难过的往事，谢谢你向我敞开心扉。

对了，我们约定相互提个问题，你没忘吧？

上次是我回答了你的问题，

这次应该轮到我了。

希望你不要生气，认真听我说。

我一直都像听自己说话一样听你说。

当然，如果你不方便，也可以不回答。

真的，我不会感到遗憾。

阿美啊，

你……什么时候会产生想要活下去的欲望？

致书河：

说真的，我有点儿慌乱。

如果是别人这样问我，我肯定会拒绝，

不过，既然你想知道，我就回答你。

对了，我没有生气。

嗯，怎么想的就怎么说吧。

我们家有个黄土米缸。

早晨，妈妈过去舀米做饭，

我喜欢厨房那边传来的合上缸盖的声音。

如果听到这个声音，我想活下去。

即使看见老套的电影预告片，我也想活下去。

啊！如果我喜欢的艺人在好玩的娱乐节目里

做出机智的即兴表演，这时候我也想活下去。

我们村杂货店的呆板的老板叔叔，

我曾想，我要活着欣赏他看电视剧哭的样子。

还有什么呢？

许多颜色混合的晚霞，看到它我想活下去。

第一次见到的漂亮单词，看到它我想活下去。

下面我想到什么就罗列什么吧。

学校操场上的足球鞋印，画了好多下划线的脏课本，比赛失败后哭泣的足球选手，巴士里面叽叽喳喳的女孩，夹在妈妈梳子上的发丝，爸爸在我枕边剪趾甲的声音，深夜里楼上人家放水的声音，年年重复毫无特点的新年祝词，下午两点钟的广播节目里打电话模仿别人声音的中年男人，超出我的想象飞快更新的电器，白天在物理治疗室里懒洋洋地听广播里的福音圣歌，堆积在家里的发票……

哇……真多啊，是吧？也许熬个通宵都不够呢？以后我再慢慢告诉你吧。

反正围绕在身边的一切都会让我怦然心动。

啊，还有一样。

那就是你的信。

回头再写吧。

晚安。

　　这就是全部了。某一天，她无声无息地断了联系。我几次写信问候，她都杳无音讯。我担心她是不是接到胜灿叔叔的联系之后，决定彻底离开我了。我又不安地想，难道她发生了绝对不可以发生的事。这期间我的心情是多么焦灼，我活在多么深切的悲伤里，这些我都不想说了。"你什么时候会产生想要活下去的欲望？"也许当她问出这个奇怪问题的时候，我就应该提前想到了。或者当她给我发来手掌照片的时候，或者在这之前，我不知道自己有多少可以知道的机会。我不知道自己是没在意，还是根本看不见。我不知道她会怎么看我，我的心会去往何方。不久以后，我真真切切地知道了这样的事实。那个曾经与我分享秘密的孩子，那个让我平生第一次心动的孩子，我的真正的夏天，我的绿色，我的初恋，也许是我最后爱恋的孩子，其实不是十七岁的少女，而是男人，而且是三十六岁的叔叔。

第
四
部

1

我给那个孩子写信，内容只有一句话。

"你是谁？"

没有回复。没有解释，没有道歉，也没有否定。很长时间我翻遍了互联网，努力寻找可能叫作"李书河"的人。"知道了又怎么样？然后呢？"虽然我也无以回答，不过我相信这件事很重要。结果没什么两样，我还是没有任何发现。不仅在现实世界，就是在网络世界，那个孩子也不轻易暴露自己的真面目。几天后，我彻底蔫了。不知从什么时候开始，我的手都不碰电脑了。我也不再触摸单词本，也不再听音乐了。我的注意力转移到了别的地方。

有一天，妈妈问我：

"阿美，干什么呢？"

我兴奋地唠叨起来。

"妈妈！这孩子叫小小。按这个键他就前进，按这里就能蹦跳。太好玩了。我以前怎么从来没想过玩呢。"

妈妈往我这边侧了侧身。

"像超级玛丽？"

"嗯，很相似。"

"第一次玩就玩得不错啊？"

"啊，这个吗？太简单了。躲避、快跑、悬挂，只要会这些就行。"

"是吗？"

"对，这个游戏的物理引擎特别重要，必须守住某个地方才能活下去。"

有一天，护士姐姐对我说：

"韩阿美君，请你吃完这个再玩。"

周围传来药袋的沙沙声。我没看护士姐姐，眼睛盯着游戏回答道：

"放在那儿吧。"

又一天，爸爸说：

"阿美……"

"……"

"臭小子，爸爸叫你，怎么不回答？"

"……"

"喂！韩阿美！"

"啊，等会儿，别让我说话。现在是关键时刻。"

后来通过胜灿叔叔，我终于知道了那个孩子是谁。那是我沉迷PSP 游戏的半个月之前，正是她突然断了消息让我辗转难眠的时候。我半是期待半是担忧地注视着胜灿叔叔。也许叔叔手里掌握着我没有的东西，当时我就有这样的感觉。看到叔叔眼神的瞬间，我立刻就察觉到他带来的并不是什么好消息。不过，我又很想快点儿听到这个"坏消息"。胜灿叔叔说，我有话跟你说，本来想打电话，后来觉得还是当面说为好。我藏起不安，坦然问道：

"什么事？"

叔叔还在犹豫不决。

"她不高兴吧？……唉，我就知道是这样。我从开始就让您别跟她联系。"

过了一会儿，胜灿叔叔终于艰难地开口了。

"阿美，叔叔见到那个孩子了，现在很痛苦。"

"……"

我只是呆呆地问道：

"很严重吗？"

"这会儿还在重症室，已经好几天了。"

"……"

"看样子再也不能跟你联系了。现在，她正与病魔做斗争。她妈妈说……家人们都在为她祈祷。如果书河能闯过这关，他们准备全家都去国外。"

"……"

叔叔刚刚离开，我就飞快地起床了。胜灿叔叔离开走出医院之前，我还有话要问。当他说出"她妈妈"的时候，我马上就知道叔叔是在撒谎了。这时妈妈走进了病房，我们的谈话不得不结束。我不知道叔叔为什么要撒谎。叔叔有没有见到那个孩子，或者听到了什么，我无法想象。我也不是没想过将来打电话确认，然而为了弄清楚叔叔是不是说真话，我觉得最好还是直接见面。我快步走向距离我们病房最近的电梯。我要去一楼大厅，如果叔叔不在那儿，再给他打电话也不迟。谢天谢地，我看见了叔叔站在电梯前的身影。起先我以为他在等电梯，仔细看时原来他正在和妈妈聊天。可是……妈妈看着叔叔，脸色很不好。我直觉觉得胜灿叔叔打破了对我的承诺，跟妈妈透露了那个孩子的事情。对了，说不定妈妈从开始就知道全部真相了。可不管怎么说，那也是男人之间的承诺啊……我感到强烈的背叛感。我藏在附近的餐具回收箱后面。我想听听胜灿叔叔还会说什么。叔叔的语气和刚才判若两人。

"现在啊，精神不正常的家伙太多了。"

我偷偷地观察着妈妈的表情。妈妈神色僵硬，冷若冰霜。

"那家伙是干什么的啊？"

"不清楚。他说自己写剧本，好像也没写出什么好东西。"

"剧本？"

"嗯，还说正在筹备什么电影呢，关于绝症少女和少年的爱情……"

突然间，妈妈的身体在剧烈颤抖。

"是吗？那怎么办？报警了吗？"

"没有。"

"为什么？"

"……"

"你为什么沉默？难道不应该揭发他的欺诈罪吗？你想想办法吧，嗯？"

妈妈的嗓门儿比平时高了好多。看她的样子，好像马上要哭了。

"美罗……"

胜灿叔叔抓住妈妈的胳膊,既抱歉又郁闷地说道:

"你说得对。撒谎很恶劣。可是,我们无法惩罚世界上所有的谎言。"

"小小大星球"里的世界美丽而惊艳。八个世界都有着各不相同的空间感。似立体而又平面,似具体而又抽象,犹如在薄薄的纸片上剪出厚厚的图画纸。背景音乐单调却又引人入胜。游戏角色就像残酷童话的主人公,滑稽好笑,而且洋溢着冷飕飕的气息。每个角色都像机器似的活动,没有丰富的表情,让人感觉非常奇怪。这中间小小的感觉最为奇妙。乍看起来天真可爱,却又隐含着神秘的寒意。小小躲避障碍,执行任务,周游各国。小小在中国见过皇帝;小小去印度找过偷灯的猴子;小小还跑到了非洲和埃及。而且没有任何武器……他能做到的只有奔跑、躲避和跳跃。这让我很满意。

游戏方法非常简单,就是无条件地前进。"小小大星球"即使失败了也可以重新开始。"小小大星球"的世界里几乎没有死亡。当然,小小也会坠入火球,也会被锯齿车轮碾压,也会被龙追逐。不过,只要我按"继续",问题就会迎刃而解。我从早到晚几乎都和小小形影不离。如果成功完成任务,我会得到贴画。我用贴画给小小买头发,买眼镜，更换新皮肤。

医生劝我不要再玩游戏了。医生说最近这段时间，不仅我的左眼视力下降，整个免疫力指数也大幅下降，让我以后只能专注于治疗和休息。爸爸妈妈当场就要抢夺我的游戏机，这也是理所当然的事情。起先看到我恢复了活力，他们还挺高兴，后来我过分痴迷游戏却又让他们感到害怕。我像个五岁孩子似的撒娇耍赖，也不吃饭，他们无奈地举手投降了。爸爸看不下去，终于提出了妥协方案。从来没有打过我的爸爸甚至动了打我的念头，他说可以让我再玩一天，绝对不能再多了。他让我做选择。要么一天，要么直接停止。我当然会把这"一天"彻底投入游戏，爸爸似乎没想到我会这样。

冒险在第八关结束。我本来已经玩到了第五关。随着难度的增加，过关需要的时间也越来越长了。在这个游戏中，玩家的手上动作尤其重要，然而我的手几乎没有力气，动作缓慢，因此大伤脑筋。幸好小小在我的指挥之下动作敏捷。我按 R1，它捡东西；我按 X，它往上跳。拿到挂在天花板上的钥匙，借助于钟摆的反作用跃过悬崖，遭遇牛群的时候努力蹦跳。陷阱无处不在。小小掉进密密麻麻地镶满图钉的坑洞。小小被石头砸中，也会被火焰焚烧。每当这时，我就按"继续"。

大脑还没下达命令，手已经抢先行动了。只要游戏开始，就停不下来。

　　大半天沉迷于游戏，结果注意力急剧下降。双肩疲惫不堪，眼睛酸痛，真想好好睡上一觉。不过想到这是最后的机会了，我又合不上眼睛。第七关有巨大的车轮，几次失败之后，我甚至想放弃了。我不停地按"继续"。傍晚时分，我终于进入了第八关。第八关的任务不像第七关那么困难。我在心里想象着最后交手的庞然怪物，小心翼翼地前进。然而历尽艰辛之后，最后遇到的敌人却微不足道，毫不起眼。既不是龙或狮子，也不是巨人，只是个普普通通的多毛大叔。他甚至不如我爸爸强壮，而且完全没有时尚感。

　　"恭候多时了，哈哈哈！谁也别想摧毁我的堡垒！"

　　我发挥这段时间积累的技术要领，轻而易举地攻破了他的城堡。随后，屏幕上面浮现出毛线团做成的地球，乓乓，冰爆竹和鲜花同时爆响。小小的圆脸下方轻盈地升起"清除"字样。然后，就结束了。真的结束了。突然间，我的嘴里情不自禁地发出了奇怪的呻吟。听到自己的声音，我也很惊讶。那不是从嗓子眼里发出的声音。我体内无比深邃的世界被清除了，同时又像是关闭了大门。一切都解决了，一切都没有改变。呻吟就像迷路的风，冲出了黑暗的洞穴。那不是焦急的呼唤，而是殷切的渴望。喋喋不休的时候突然睡着的爸爸猛地坐了起来。

"阿美，你这是怎么了？"

我满脸通红，气喘吁吁。

"怎么了？嗯？什么事？"

爸爸用他的大手抚摸着我的脸颊和脑袋，连连追问。我感觉喉结很烫，头晕。

"没有，爸爸，没什么。"

"嗯，说啊，阿美。"

我像呼吸困难的病人似的良久无言，终于爆发出忍耐已久的眼泪，放声痛哭。

"我太高兴了。"

鼻涕和泪水在脸上恣意流淌。我感觉到病房里的人们都在惊讶地注视着我，然而哭泣却难以停止。

2

　　初雪来了。我又变得形单影只。我在妈妈的帮助下移动到天桥，感觉脸上拂过丝丝凉意。它轻轻地落在脸颊，很快就无声无息地融化了。我知道那是雪花。

　　"下雪了，妈妈？"

　　妈妈停下了轮椅。

　　"嗯。"

　　我习惯性地摇了摇头。

　　"大吗？"

　　我感觉到妈妈是在四处观望。

　　"很大。"

　　"这是什么样的雪啊？"

　　"就是普通的雪呗。"

"不，妈妈，不是这样的。雪有很多很多名字，请你说得详细点儿。什么雪啊？"

妈妈愣了片刻，然后尽可能地动员自己的词汇，结结巴巴地说道：

"这个……雪花很大……很松软。而且……下得很安静。"

我仿佛亲眼看见似的露出了微笑。

"啊，鹅毛大雪。我在爸爸给我买的小学课本里读到过呢。霰、常年雪、大雪、鹅毛大雪……啊，竟然还有贼雪呢。"

"嗯，妈妈也知道。"

"你见过用显微镜拍摄的雪的结晶体吗？"

"当然。"

"感觉好奇怪啊。"

"什么？"

"为什么那么美丽呢。"

"……"

"反正眼睛也看不见，一落地马上就消失了。"

妈妈什么也没说，用力推着轮椅。我感觉轮子下面传来轻微的震动。

"妈妈冷了，走吧？"

我点了点头，然后注视着前方。

"对了，妈妈，今天我才知道。"

"什么？"

"原来雪也有味道啊。"

　　日子每天都在重复。我不知道该干什么，不该干什么。妈妈一有空就说想给我读报纸和书。而我总是说不用。我不想知道更多了。病房里定期转来新病人。通过解行李或打包的动静、陌生的声音和初次闻到的气味，我能知道这些事。如果是以前，我会问东问西，说点儿俏皮话，然而我又不喜欢和即将分别的人交流心事。我也不希望他们问我什么。像往常那样，病房里出出进进着保险公司职员、酸奶阿姨、保洁阿姨，还有预告礼拜时间的教会人员。监护人们在公共洗脸池简单地清洁，洗干净手绢。我能通过水蒸气的味道区分出热水和温水。我的床边就是公用冰箱。每天被人开关好几次。每当打开冰箱门的时候，泡菜和各种饭菜的味道便会扑鼻而来。那些味道令人作呕，难以想象是我们可以吃而且必须吃的饭菜发出的味道。每天最安静的时刻是下午两三点钟。这个时候，陪护人员和病人们大部分都在睡午觉，或者出去散步。我每天必须忍受着无聊电视节目的噪音，还要被集体生活的各种紧张感折磨得精疲力竭，当然格外珍惜这片刻的宁静，犹如太阳照进了地下室。我像听音乐似的醉心于宁静。我心平气和地体会着宁静的结构、宁静的和声、宁静的节拍。我凝望着眼前的黑暗，胡思乱想，终于沉沉睡去。

当病房里人声鼎沸的时候，我就听收音机。我蜷着身体，戴着耳麦。收音机里不停地播放着普通人的闲聊、烦恼和玩笑。外面的说话声在沸腾，仿佛院子上空沸腾的阳光。每时每刻，不停不休地传来。对于收音机，我既不喜欢，也不疏远。我只是让它的声音流进我的耳朵。人们写下悲伤的故事、好玩的故事和美丽的故事，然后寄给电台。故事乘着电波，传遍大地的每个角落。点播歌曲里也有我熟悉的歌曲。那是很久以前，我和那个女孩通信的时候，随信发送的音乐。尽管我知道，那个女孩再也不是那个女孩了，然而我的心还是会颤抖。

偶尔我因为梦魇而醒来。尽管以前也遭受过噩梦的折磨，然而现在的情况却颇有不同，即使睁开眼睛也是黑暗。哪怕已经清醒，我还是希望自己更清醒。每当睁开眼睛，我首先要做的便是寻找放在枕边的太阳镜。戴不戴它对我来说并无区别，不过我感觉让别人看到我的盲眼似乎是不礼貌的事。我逃出黑暗，却被新的黑暗囚禁，很快又有另外的黑暗将我淹没。我潜入无底的深渊。从前，我感觉还能通过书籍之窗与世界相连，不知从什么时候开始，好像有人哐地关闭了窗户，然后又放下了窗帘。我知道自己永远走不出那个房间了。日常……还是日常。像去年，也像前年的日子在继续。起床、吃饭、诊断、吃饭、治疗、睡觉。起床、诊断……

　　有时我会反复做同样的梦，就是以前也做过的蹦床梦。骤雨过后的初夏白天，天空蓝得令人窒息，原野上噙着露珠的草坪无边无际。我在绿色的中央轻轻漫步。我登上弹性十足的蹦床，摇摇晃晃地踩着预告飞翔的节奏……鼻子里的嗅觉细胞轻柔地起伏，往肺部吸入绿色的微风。我的肺叶高高地鼓胀又沉落，仿佛要啜饮世界上所有的风景。片刻之后，我仿佛下定了决心，使出全身的力量跃向天空。我闭上眼睛，躺在天空的怀抱里，静止了很久很久。蹦跳几度反复。咚——我在飞起之后舒畅地欢笑；咚——我在跳跃中高呼万岁。如果没有人阻拦，也不知道要蹦到什么时候。不知不觉间，蹦床周围三三两两地围满了老人。他们团团围住蹦床，目瞪口呆地注视着我。他们全都没有牙齿，眼珠很白。我像中枪的鸟，颓然跌落。刹那间，蹦床底部的黑布赫然撕裂，我被无情地吸入地下世界。许久之后，我终于苏醒过了，发现自己来到了从未见过的空间。那是砖头砌成的无比深邃的水井。我用手做成喇叭状，向着茫茫虚空呼喊。浮现在脑海里的分明是救命，然而喊出口的却是我意想不到的话语。

"给我介绍一个女朋友吧！"

周围无声无息。我再次大声呐喊：

"给我介绍一个女朋友吧！啊？"

扑通——伴随着巨大的响声，好像有什么东西掉落下来。我失去了平衡，只好在水里苦苦挣扎。等我好不容易把握住重心，便朝着声音传来的方向问道：

"谁啊？"

四周太黑了，什么也看不清。过了一会儿，那边传来无比低沉的声音。

"我什么也不是。"

"……"

"你也什么都不是……"

3

　　饭菜的味道从走廊飘来。那是医院伙食特有的空虚而又冷漠的味道。几个监护人和陪护奶奶机械地站起身来，过去领餐盘。他们的脚步声里听不出丝毫的期待和激动。妈妈坐在我面前，熟练地喂我吃饭。我只吃了几勺饭，便摇了摇头。

　　"不吃了？这不是你爱吃的吗？"

　　"嗯，没胃口。"

　　"怎么，又不开心了？"

　　"没有，就是没胃口。"

　　妈妈催促我说：

　　"阿美，你要是疼就说疼。这样妈妈才能知道，才能跟医生……"

　　我情不自禁地喊道：

　　"我都说没有了，妈妈。再说我什么时候不疼过？"

　　然后我蒙着被子就躺下了。很快，我听见轻轻的叹息声，还有塑料餐具碰撞的声音。我犹豫再三，终于坐起身来，重新坐在餐盘前。

　　"妈妈，对不起，我不该冲您喊。这猪排应该又酥又脆啊，可是软塌塌的。"

　　吃完饭后，还要吃药，种类不同、大小不同的形形色色的药。别的患者或者上厕所，或者散步去了。我摸索着枕边，寻找 MP3 播放器听收音机，却没有碰到总是放在相同位置的东西。我犹豫着要不要让妈妈帮我，又觉得太麻烦，于是伸手去摸储物柜。正在这时，好像有个凉飕飕的东西碰到了我的手，掉落在地，传来破碎的声音。也许是妈妈刷牙用的杯子。妈妈急忙跑到我身旁，问我是不是没事。我咬紧嘴唇，没有回答。奇怪的是，我竟然不想说对不起。我也不想说我没事。妈妈蹲在床底，开始收拾杯子的碎片。我静静地躺着不动，呆呆地注视着天花板。这时，妈妈好像跟谁说话："天啊，您怎么来了？"妈妈的语气不冷不热，看来那不是受欢迎的客人。

　　"啊，刚才有事，正好过来看看。我想阿美了。"

　　"哦？"

　　我扭头去看声音传来的方向。

　　"怎么还带这些……"

我感觉到妈妈正从塑料袋里拿出什么东西，塞进冰箱。过了一会儿，那个说话的人朝我走来。他的身上散发着新鲜的腥味。

"哎哟，你看上去像电影演员啊？"

原来是张爷爷。我用手掀开太阳镜，嘟哝着说：

"我已经上过一次电视了。"

我们安安静静地聊了好多话题。一如往常，这次的谈话也是舒服而无聊。我是发自真心地喜欢张爷爷，这个事实连我自己都感到惊讶。虽说原来也喜欢，却没到这个程度……遇到倾诉的对象，让你无拘无束，什么话都能说，让你高兴得想要流泪。尽管心里这样想，我却总是吊儿郎当地开玩笑。张爷爷也是这样。也许是因为我们都深切地意识到妈妈就在旁边吧。张爷爷或许看透了我的心思，过了一会儿，终于艰难地说道：

"阿美妈妈，我有个请求。"

"哦？什么事？"

"我想跟阿美到外面转转。"

"张爷爷……"

"一会儿就行，也不走远。"

"爷爷，我知道您的意思。可是，阿美这状态……"

"妈妈……"

我连忙打断了妈妈的话。

"您就答应吧。"

"……"

"我也想出去走走。这么长时间我什么都不想做，现在好不容易有想做的事了。妈妈，答应吧。"

冬天的风景没有多余的累赘。尽管我看不见也摸不到，然而北风送来微弱的味道，却让我感觉这个冬天和往年的冬天没有什么不同。赤裸裸的树木在深呼吸，深深地吸纳着冬日的阳光。听到这声音，我身体里的毛孔仿佛也齐刷刷地敞开了。树木享受的东西，我也渴望享受。细胞们兴高采烈，纷纷苏醒。"哈。"我已经多久没有对着天空呼气了。想到隐约浮现又消失的灰蒙蒙的口气，我真想睁开眼睛看看。张爷爷推着轮椅，绕着庭院漫步，然后找个稍微僻静的地方坐下了。他猛地把我抱起来，挪到长椅上面。张爷爷的胳膊抱着我的时候，我感觉自己的身体轻得像纸。这时，我的耳边响起了"椅子和椅子也不相同"的嘟哝声，还有哼哼呀呀的歌声，"草绳百庹用处多，人生百庹奈若何"……张爷爷在我的膝盖上盖了毯子，然后解下自己的围巾，为我围了起来。寒冬时节的清凉气息落在我的头顶。远处隐约传来孩子们的吵闹声、汽车声、鸟鸣声和风声。那声音仿佛来自另外的世界。我们静静地倾听。过了一会儿，沉默的张爷爷说道：

"这世界……满地都是生物啊。对吧？"

我们若有若无地聊天。正如住院前一天和张爷爷告别的时候，主要是我问，爷爷回答。

"爷爷？"

"嗯？"

"还是我问什么都行吗？"

"嗯。"

"有的孩子从小病病恹恹但是很长寿，还有的孩子平时很健康却夭折了，如果让您从中做选择，爷爷会选哪个呢？"

"嗨！"张爷爷哭笑不得。虽然我的眼睛看不见，但是他的表情肯定在说，人生在世，真是多么奇怪的话都能听到啊。

"还有新闻里经常报道的安乐死。究竟是眼睁睁地看着病人痛苦好呢，还是应该帮助病人解脱痛苦。学识渊博的大人们不是也出来讨论了嘛。我也有过类似的想象，如果那是自己的孩子，应该怎么办呢？假如上帝说，'我可以给你孩子。不过，你必须做出选择。第一个是生病的孩子，不过能活很久。第二个孩子生命短暂，却能享受健康的生活。'怎么办？这个问题让我苦恼了很长时间。如果是爷爷，您会怎么选择？"

张爷爷深深地叹了口气。我不知道他是生气，还是悲伤。

"阿美？"

"嗯？"

"没有父母能做这样的选择啊。"

"……"

"你像口头禅似的总说自己老了。不过呢，你还相信这个问题可以选择，这就是你的年纪啊。你把问题本身搞错了。我不会做任何选择。世上也没有父母能做这样的选择……"

"爷爷？"

"又怎么了，你小子？"

"人什么时候才算长大？"

"嗯？"

"拿到身份证的时候，还是参军之后，还是结婚之后呢？"

"这个嘛……当然是生完孩子之后吧。"

我仔细想了想，忽然很想跟张爷爷开个玩笑，于是故作孩子气地说道：

"哦？这么说来，爷爷您还是孩子呢？"

张爷爷没有流露出我期待中的反应。我有点儿提心吊胆，害怕自己说错了什么。

"我也……有过。"

"……"

"要是长到现在，也像你爸爸那么大了。不过，肯定比他更优秀，这点我敢保证。"

我这才知道自己确实是失言了。我甚至忘了张爷爷骂我爸爸的事，抓耳挠腮努力挽回自己的错误。还是张爷爷先打破了沉默。

"唉，我也不知道人什么时候才算长大。也不知道长不大的人要干什么。"

"……"

"我是过了四十岁才有这样的想法。现在，我的身体只能越来越差了。以前因为身体好，根本不知道自己有身体这回事，可是以后我的生活只剩下失去了。"

"嗯。"

"反正以前只是揣测。年龄这东西啊，真是体验过才能有感觉。活到我这把年纪……嗯，岁月抽走我身体里的油水，勉强给我留下这么丁点儿，真的是丁点儿的感悟，而且也没有多么了不起。仔细想想，那都是我已经听过或者很熟悉的话了，全部。"

"那我也是这样了，现在知道的事将来还要再知道？"

"是啊。"

"会有不同吗？"

"当然。"

"为什么？"

"想知道吗？"

"嗯。"

"真的？真想知道？"

"真是的，我都说过了。"

"那你可要活到那个时候。那就什么都知道了。"

张爷爷好像很开心，咻咻地笑了。

"对了，说点儿别的吧，爷爷也有十几岁的时候，那时候头发茂密，根本不用担心会脱发，当然也不关心别人的头上有多少头发。往难听了说呢，就是不知道世界上还有秃子。因为没见过嘛。再说直到现在，我爸爸的头发都很茂密。无论走到哪儿，别人都以为我是我爸爸的爸爸，唉。"

"啊？有时候我也会这么想！等我爸爸老了，他就会像我这样。如果想知道未来的爸爸什么样，看看现在的我就知道了。"

"也可能不一样。"

"为什么？"

"因为衰老的不仅仅是身体。"

我顿了顿，接着说：

"爷爷？"

"嗯？"

"爷爷的爸爸怎么样？"

"……都一样啊。"

"爷爷？"

"嗯？"

"爷爷，您在爸爸面前怎么那么不懂事呢？我觉得爷爷是个很聪明的人，难道您不想做个更稳重的儿子吗？"

"不太想。"

"为什么？"

"因为爸爸喜欢我这样。"

这次是爷爷呼唤我的名字了。

"阿美……"

"嗯？"

"爸爸妈妈还好吧？"

"好啊，刚才不是看见了嘛。"

"是啊。"

然后，张爷爷格外温和地问道：

"你也好吧？"

"当然了。"

"你和那个小丫头处得怎么样？那个给你写信的孩子……"

我的心在怦怦直跳，却还是很无所谓地回答说：

"嗯，我们成了好朋友。"

"呵呵，你看看。我说过地图是女人做的吧？我们只要跟着走就行了。"

我故意冲着爷爷笑了笑，然后是沉默。

"阿美……"

"嗯？"

"其实呢，昨天我见到你妈妈了。当时我想把快递交给她……可是你妈妈坐在玄关前面哭呢，我就没有进去。"

"……"

"于是我就返回自己家，什么话也没说。可是我又很想你，也不知道是怎么了。真丢人。"

我静静地听着张爷爷说话。这样的时候，我也不知道该说什么才好，于是说出了我最擅长的话。

"爷爷？"

"嗯？"

"我没事。"

"真的吗？"

"当然了。"

"好，我就知道是这样。"

没过多久，张爷爷忽然发出了很奇怪的声音。尼龙纤维拂过手掌的声音，还伴随着窸窸窣窣的动静。好像是把手伸进夹克口袋，摸索什么。不一会儿，张爷爷抓住了我的手。他紧紧握着我的右手，仿佛拿的是暖宝。我的手嗖地钻进了张爷爷的手里。手心里立刻传来软乎乎的感觉。

"我也不知道这样好不好……"

我摸索着手里的东西，拿到耳边晃了晃。软软的盒子里响起了哗哗声。

"烧酒啊，阿美。"

我停止摇晃。我想跟张爷爷说句好玩的俏皮话，却又想不起该说什么。

"你要慢慢喝,知道吗?"

无以名状的感情让我浑身发抖。张爷爷往烧酒盒里插了吸管,递给我。也许他不停地东张西望,看看周围有没有人。也许是因为年龄,也许是因为寒冷,我能感觉他在我身边颤抖。我双手捧着烧酒,慢慢地移向嘴唇,小心翼翼地品尝。

"苦吗?"

我皱了皱眉,爷爷便温柔地问我,好像在哄小孩子。

"嗯。"

"那就对了,慢点儿喝。"

风很冷。我用身体迎着不知来自哪里又将去往何方的风,慢慢地啜饮着盒装的烧酒。张爷爷不说话,好像在注视什么地方。我的眼睛看不见前方,不知道张爷爷在看哪儿。我们并肩坐在椅子上,顶着凛冽的寒风,我感觉我们正在凝望相同的方向。

4

　　收音机里正在播送冻裂的水管和冻死的鸟，还说城市近郊的塑料大棚倒塌，养殖场里的鱼类全部冻僵。大雪覆盖的城市好安静。病房里整天都开着加湿器。加热器同样不停不歇，病房里的空气沉闷得令人窒息。

　　我在日益消瘦。我就像长久暴露在海风里的鱼，勉强保留着原来的形状，越来越向内、向内紧缩。我不知道自己还要变得多小才会轻盈如歌。我缩小的体积真能拓宽外围吗，不得而知。我只能做自己力所能及的事，活着。有时我又感到混乱，这样真的正确吗？我们早已提交了拒绝心肺复苏术的保证书。这是我和爸爸妈妈艰难讨论之后做出的决定。黑暗而漫长的日子还在继续。我默默地坚持着医院里的生活。起床、吃饭、诊断、吃饭、治疗、睡觉。起床、诊断……我知道

306

等待自己的是什么。

　　我在床上度过大部分的时间。我的身体急剧虚弱。别说支撑腿脚，甚至动动眼皮都很费力气。有时我也很想知道自己到底是什么样子，然而我从不恳求别人帮我说明。闭上眼睛，随意丢在心里的单词在胡乱翻滚。犹如废弃已久的庭院，显得乱纷纷惨不忍睹。我捡起散落的单词卡，聚精会神地凝望。我苦苦思索着那些百思不得其解，眼看就要消失的单词。如果知道了，它们又会是什么样子呢？这些让我心急如焚的单词啊。我从小就总是渴望修改自己的词典。我要让它们符合我的年龄和经验。如果有可能，我真想拥有好几部词典。现在，我连已经知道的单词都很难打理了。有时候，哪怕很简单的单词也想不起来，为了解释某个词，我必须绕好大的圈子。妈妈，就是那个嘛，白白的、四四方方的……我知道，语言正在离我而去。

　　妈妈经常不在病房。或者带着要洗的衣服回家，或者准备家常小菜。监护人不在的时候，旁边的陪护奶奶和护士姐姐也会照顾我。我不愿麻烦别人，每次妈妈外出的时候我都故意睡午觉。今天也不例外。吃完午饭，药物的作用让我昏昏沉沉地睡熟了，也不知道睡了一个小时还是两个小时。突然，我发出"嗝"的声音，坐起身来。又做噩梦了，我呼吸急促，冷汗直冒，而且嘴唇焦干，仿佛有人拧干了我的身体。我伸手去够放在窗台的带吸管的水杯。刹那间，我感觉周围的空气很陌生，非比寻常。那是烟味、汗味混合着淡淡的香水味的奇妙气息。我知道有人距离我很近。那个人甚至希望我毫无察觉。我不知道这样多久了，只是觉得陌生而惊异。我努力掩饰不安的神色，冲着那人问道：

"妈妈？"

周围没有任何声音。若在平时，别的患者或陪护人也会代为应答，看来病房里只有我们两个人。我又焦急地问道：

"妈妈？"

我屏息静气，倾听对方的反应。那人还是默不作声。他好像也很紧张，忽然发出了咽唾沫的咕嘟声。我确定身边肯定有人，于是鼓起勇气问道：

"你是谁？"

"……"

这次还是没有回答。我隐约听见粗糙的呼吸声。我静静地倾听这个声音，忽然感觉有点儿害怕。"要不要叫护士姐姐？还是再看看情况？"正当我犹豫不决的时候，那个人终于打破了漫长的沉默。

"对不起……"

刹那间，我不由得怀疑起自己的耳朵。

"你说什么？……什么？"

这是我从未听过的声音，带着非常低沉的回声。这时，强烈的预感掠过我的脑海，一方面觉得不可能，另一方面又觉得也许真的是他。想到这儿，我的心就疼得厉害。我冲着声音传来的方向，大声问道：

"书河吗？"

"……"

"书河？"

"……"

突然间，我的心在怦怦直跳。我在战栗，不知道是因为惊讶还是愤怒，也不知道是因为喜悦还是委屈。没等弄清楚这种情绪的真相，我又害怕那个孩子会离开。我想，也许这是我能和她面对面的最后机会了。我希望说点儿什么让她留下别走，而且也想听听她说话。然而等到开口要说的时候，我又不知从何说起了。这段时间我想了很多很多，反反复复地追问，反反复复地替她回答。问也没用，无法了解的事情太多太多了。究竟应该先说什么，我不得而知。这个时刻，如果有什么话必须转告给她，那么她，或者这个人消失之前，我还是有话要说。我冲着面前的人，犹如站在黑暗舞台上的话剧演员似的喃喃自语：

"对了，我就知道会这样。"

"……"

"我早就有话要对你说，今天这样见面真是太好了。"

"……"

"我不知道你在想什么。我也不知道你怎么会找到这儿。你是不是以为我现在会很生气？是的，对啊。我抱怨过你、憎恶过你，也诅咒过你，这是事实，说不定将来还会继续。"

"……"

"尽管是这样，我还是想要告诉你，我们从来没有见过吗？没有亲耳听见对方的声音，没有亲眼见过对方的脸孔，也许将来永远都无法相见吧？不过我已经看见你了，就在我们的信里，就在我们说过的话里。"

"……"

"谢谢你出现在我能看见的地方。"

"……"

我又听见对方咽唾沫的声音。我想，如果我继续说下去，也许她就能鼓起勇气来了。于是，我搜肠刮肚，寻找可以继续的话题。然而就在我刚要开口的刹那间，有人走进病房，撕碎了我们之间的沉默。

"谁啊？"

原来是妈妈回来了。听见妈妈的声音，我既失望，又欣慰。我和她继续交流的机会消失了，这让我感到遗憾，同时也更确信自己面对的至少不是幻影。我有些纠结，不知道怎么跟妈妈解释眼前的情况。那个始终沉默不语的人突然开口了。

"对不起。我走错病房了。"

冷静而又彬彬有礼的语气，完全感觉不出丝毫的慌张。然后不等别人说什么，他就神不知鬼不觉地消失了。这是发生在眨眼之间的事情。我空落落地张望着病房门口。也许真的是与我无关的人，只是不便打断我说话，坚持站在这儿。我问正在整理购物袋的妈妈。

"妈妈……"

"嗯？"

"谁啊？"

"什么？"

"刚才出去的人……是谁？"

"哦，别管了。他说走错了。"

"那人长得什么样？"

妈妈停下手里的活儿，转身看着我。她声音的高低和方向告诉我是这样。

"怎么，你认识吗？"

我望着虚空，眨了会儿眼睛，然后平静地说：

"不认识。"

　　那天夜里，很久没有做梦的我又做了个梦。不同往常的是，这个梦色彩鲜明，赏心悦目。秀色可餐的朱黄色令人心驰神往，犹如满天星般争奇斗艳。我站在旷野。这个村庄好像以前来过，又好像没有来过。天空高远而清净，谁看了都会赞美那种粗犷的蔚蓝，而且与地平线上高高耸立的柿子树相得益彰。我尽情地仰着头，仰望柿子树。瘦削的树枝上没有树叶，却挂满了果实。树干遒劲，犹如毛细血管般伸向天空的树枝曲线流畅而优美。我踮起脚尖，伸手去够柿子树枝。然而无论怎样努力，还是够不到果实。原地跳了几次，也是鞭长莫及。突然间，我感觉脚底变得越来越轻盈了。仿佛有人将我托起，我的身体自然而然地飘向天空。我摘下鲜艳可爱的熟柿子，当场大吃特吃起来。啪——我的嘴里洋溢着黄昏绽裂的感觉。我用舌尖久久地品尝着那种朱黄色的味道，然后咂着嘴，喃喃自语：

　　"好奇怪啊……原来梦是这么生动。"

　　当我醒来的时候，我已经躺在重症室里了。

5

　　每天有两次探视机会，仅限于家属，时间只有三十分钟。我整天躺在床上，等待探视时间的到来。每天只有这个时间还能证明我是我，除此之外我就无所事事了。周围偶尔响起警报声。许多人急急忙忙地行动，往往还是会发生我不愿知道的事情。有时在我旁边，有时在我身后。那些看不见的事物让我深感恐惧。

　　不知道过了多长时间，也许是十天，也许是半个月？我好几次昏迷不醒，吓坏了爸爸妈妈。有时，我在半梦半醒之间没头没脑地质问，"爸爸？来信了吗？""来信了吗？"结果让爸爸妈妈惊慌不已。后来我听护士姐姐说的确如此。虽然爸爸妈妈都知道那个孩子，却不知道我已经了解她的真面目的事实。曾几何时，当我沉迷于游戏机的时候，爸爸妈妈还以为那是因为书河的病情。他们以为我听到书河躺进重症室的消息，伤心之余要为自己寻找逃避之所。我也任凭他们两个人继续误会下去。后来得知自己在紧急状态下胡说什么"书信"的时候，我羞愧得无地自容。现在，这些已经没有任何意义了。我预感到自己时间不多了。

有一天，我利用短暂的探视时间对爸爸说：

"爸爸，我有个请求。"

"嗯，说吧。"

爸爸身上飘出淡淡的消毒水的味道。

"你再来的时候，能不能帮我从笔记本里打印个文件？"

"什么文件？"

"进入我的邮箱，你会看见'写给自己的信'。你帮我挑出最上面的邮件就行了。密码我以前告诉过你，还记得吗？不过你要答应我，绝对不能先读。"

"那是什么呀？"

"以后再告诉你，反正对我非常重要。"

"好吧，我答应你。"

爸爸很真诚地答应了。然而这样还不能让我满意，因为以前我曾经遭到过胜灿叔叔的背叛。我突然疑惑起来，如果我是爸爸，那么我会怎么办呢？想到这儿，我的心立刻就往"读"那一面倾斜了。

"爸爸……"

"……"

"你真的不读吗？"

"我说过了。"

"那好，现在请你跟我说。"

"嗯。"

"如果我先读了那份文件，阿美就会早死。"

"什么？"

"快跟着说啊。如果我先读……"

"臭小子，真讨厌。你还真是什么话都敢说啊。不许再开这种玩笑了。"

黑暗之中，爸爸的声音既亲切，又值得信赖。

"那怎么办啊？我信不过爸爸嘛。"

我有气无力，淡淡地笑了笑。我感觉嘴里飘出苦涩的味道。

"反正不管怎么说，我就是不能用你打赌。"

"那赌什么呢？"

"必须赌吗？"

"当然了。既然赌了，那就赌爸爸最怕的东西。"

爸爸思索良久，终于开口说道：

"那就这么定了。"

"怎么定？"

"好，爸爸发誓。你听好了。如果我先读了阿美让我带来的文件，那就让我一辈子租房。"

"……"

"怎么样，这回满意了吧？"

那天晚上，爸爸遵守承诺，带来了我叮嘱的稿子。他得意地说，因为我的千叮咛万嘱咐，所以他刚打印之后，就装进信封，还用胶带密封起来了。

"摸摸看。"

爸爸抓住我的手，放到信封上面。手心里立刻传来久违的纸张的质感。那是我喜欢的感觉。

"谢谢爸爸。"

"啊，还有这个呢。"

爸爸从夹克里沙沙地掏着什么。

"本来也想打印，不过很短，我就抄下来了。"

"什么呀，爸爸？"

"信。"

"信？"

我知道不会有人给我写信，于是摇了摇头。

"谁啊？"

爸爸迟疑着说道：

"李书河吧？"

我忍不住扑哧笑了，差点儿就说出"世界上根本就没这个人……"

"给你读读？"

尽管我也知道不会这样，不过好奇心还是促使我答应了。不一会儿，爸爸润了润嗓子，读了起来。

"致阿美：你好。我是书河。你还好吗……"

我不停地眨着眼睛，努力理解发生在自己身上的事情。爸爸的声音还在继续。

"对不起，回信晚了。这段时间我病得厉害。我也知道，你听说我的消息之后很难过。但是，我希望你不要这样。我已经出了重症室，现在很好。你也会好起来的。健康真的很重要啊，手术之后我才明白。所以，我们都要健康。这样我们才能继续通信，才能成为优秀的人，才能见面。你要多保重。再见。"

爸爸静静地观察着我的脸色，还破天荒地耍起了贫嘴。

"原来就是这个孩子啊。以前你妈妈也说过，我还纳闷儿呢。"

"……"

"再读一遍？"

直到这时，我才凄凉而又爽朗地哈哈大笑，仿佛悲伤也令人喜悦。

"好。"

几天后，我给她回信。代笔人当然是爸爸。

"准备好了吗？"

"嗯。"

"那我说了。要是太快了，你就提醒我。"

"好吧。"

我缓慢地开口了。为了不间断地说出想说的话，我独自在重症室里琢磨了很久。我反反复复地推敲斟酌，几乎彻底背诵下来了。

"致书河。"

"致……书河……"

我听见铅笔在纸上沙沙游走的声音。

"你还好吗？"

"……还好吗？"

"听说你手术成功，我很高兴。"

"……继续。"

三十分钟的会见时间里，爸爸从头至尾缓慢而认真地抄下了我说的话。

"……小时候我喜欢玩'喵呜游戏'。爸爸躲在门后，喊着'喵呜'出来，我就会咯咯地笑。然后爸爸神不知鬼不觉地消失，等他再次喊着'喵呜'出现的时候，我会笑得更大声。后来我看到书里说，这样能够帮助孩子储存记忆：眼睛看不见的东西也不会消失。这些事必须学习才能知道。将来这些小傻瓜怎么会成为技术人才，或者学者，真让人费解。我以为自己从开始就是我自己，其实在我成为我之前，需要经过多少人的努力啊。想到我沉睡时爸爸妈妈做的事情，我常常感到惊讶。

"……今天给你写信，因为我有话要说。将来也许不能再给你写信了。几天之前，我也进了重症室。我在准备迎接出去的日子。我在这里，常常，琢磨给你的信。如果离开这个地方，首先要做的就是把消息告诉给你。即使你暂时看不到我，即使我'喵呜'消失了，那也不要忘了小时候我们努力学习的东西。我会继续搜集话题，将来说给你听。希望幸运总是陪伴着你。再见。"

爸爸记录的时候，几乎什么也没说。不过我知道，爸爸哭了。

同一天，好像是清晨吧。尽管不是探视时间，爸爸妈妈还是接到医疗组的通知，匆匆忙忙赶来看我。这样的事已经有过几次，然而我感觉这好像是最后的见面了。或许，爸爸妈妈也有同样的感觉。医疗组久久地包围着我，等到独处的时候我既害怕，又孤独。我殷切地想念爸爸和妈妈。思念是那么强烈，我甚至不相信人与人竟会如此渴望见面。听见爸爸妈妈声音的时候，我感到无比释然。我用手指了指枕头下面，然后微微翕动着起泡的嘴唇。我说，那里有我送给爸爸妈妈的礼物。我说，其实很早之前也写过，后来傻乎乎地删掉了。我说，当时是因为讨厌爸爸妈妈才那样做，现在我不会了。我缓慢而断断续续地说，如果能让你们开心，我会很高兴，还有很多话要写，最后却没能写下来。我说，如果你们不介意，现在就当着我的面读吧。

　　"爸爸？"

　　"哎，阿美。"

　　"直到眼睛失明之后，我才知道，以前能看见爸爸的脸有多么幸福。"

　　爸爸用手抚摸着我的头。爸爸的大手完全包围着我的额头，这种感觉真好。

　　"爸爸？"

　　我的呼吸有些异常，很长时间都接不上话头。爸爸紧握着我的手。

"哎，阿美。"

"我有点儿害怕。"

"……"

爸爸俯下身子，拥抱着我。

"现在还不能这样。"

爸爸不顾护士的劝阻，用力抱紧我。面对着轻如鸿毛的儿子，爸爸有些发抖。也许世上再没有比生病的孩子更可怕的存在了。爸爸的手因为吃力而簌簌地颤抖。随后，我的胸口传来了爸爸的心跳声。

"咚……咣……咚……咣……"

尽管微弱而恍惚，然而那声音的确是真实存在的。我们沉默无言，就在对方的波动里停留。那个磁场尽头，最后画出的同心圆犹如土城周围的圆圈，将我们环绕。很久以前，我就知道自己再也体会不到妈妈肚子里的节奏，再也体会不到跟别人完全重合的感觉，然而现在我又知道了获得类似感觉的方法，那就是用力拥抱别人，尽可能让心脏重叠，感受彼此的心跳。刹那间，眼泪几乎夺眶而出了，我还是在拥抱着爸爸的胳膊上继续用力。然后，我重新躺好，转头寻找妈妈。

"妈妈？"

"嗯？"

"我可以问你个事吗？"

"嗯，问什么都行。"

"我是不是很可怕？"

妈妈的声音在轻轻颤抖。

"臭小子，这是什么话嘛。"

"偶尔我会好奇。妈妈和爸爸……不是因为我生病害怕，而是因为可能无法爱我而害怕。"

妈妈什么也没说，也许她在努力忍住眼泪。

"妈妈？"

妈妈的声音有些沙哑了。

"嗯。"

"我能摸摸你的肚子吗？"

妈妈有些慌张。

"怎么了？"

"就是想摸嘛。"

"你……都知道了？"

妈妈的声音瑟瑟发抖。

"嗯，很早以前就知道了。妈妈吃的药是叶酸吧？我很担心，就找出来看了。”

“……我不是故意藏起来的。”

“嗯，我知道。对了，妈妈，等到这个孩子出生了，请你跟他说，哥哥的手曾经抚摸过他的头。”

为什么是现在，难道你们就不能稍微等等吗。我没有这样说。很久以前，我曾经偷偷地抱怨，独自委屈，那些记忆我也没有再翻出去。现在，这些都不重要了，真的，根本不重要。妈妈没有回答，只是紧紧握着我的手。我像个睡思昏沉的人，缓慢而迟钝地说道：

“爸爸……”

“嗯？”

“妈妈……”

“哎。”

我挤出最后的力气，艰难地说：

“我想看看你们。”

尾
声

我看见爸爸妈妈了。他们坐在我的枕头边，额头顶着额头，读着他们自己的故事。我倾听着爸爸妈妈的呼吸和动静，不愿错过他们的任何反应。这样的时刻，如果我能看见他们的表情，那该多好啊……我又凝视着这样想的自己。我想起了自己写下的第一句话和最后一句话。我猜测爸爸妈妈读到了哪里，努力跟上他们的节奏。眼神涣散了，呼吸越发急促。无论如何，我都要听听他们会说什么。风起树先知。这段应该翻过去了吧。爸爸最清楚起风的日子应该交配。应该读到这段了吧。爸爸读到"跟我做吧，跟我做吧"会怎么想，读到"我行的，我行的"呢？他会害羞吗？我满怀担忧，然而强烈的心跳又让我无可奈何。我竖起耳朵，倾听他们的呼吸。片刻之后，间歇性的抽泣之间，我听见哪里响起"咕嘟"的声音。我思索，不想错过这声音。我几乎翻身坐起，焦急地问道：

"爸爸？"

"嗯？"

"哪儿啊？"

"什么？"

"刚才……"

爸爸明明回答了，奇怪的是我却没有听清。一切都变得越来越模糊。涌上双眼的睡意犹如雪崩爆发。蝉鸣声传来，仿佛撕裂了什么东西。我抓着比风还大的物体,试图抓住在黑暗中四处飞翔的句子。可是,它们太敏捷了,不会轻易被我抓到。过了一会儿,那些句子开始唱歌。爸爸,下辈子我做你的爸爸。妈妈,下辈子你做我的女儿。我要挽回你们为我失去的青春。爸爸,我。妈妈,我。然后,句子们飞快地跑走,像水蛇扭着腰消失了。将来我该怎么办？我要去哪儿？我不知道。我只记得刚刚说过的那句话,哪儿啊？我想,也许这就是我留在人间的最后的话吧。也就是说,那个。爸爸。嗯？哪儿啊。什么？刚才……谁在笑啊？

那个忐忑夏天

韩阿美

　　起风了。风起树先知。树先知道，挥舞树枝的手，季节安心地尾随而至。渴望成为春天的春天。渴望成为夏天的夏天。秋天或冬天也是这样。只要风决定做"春天"，剩下的事树都会自觉地去做。自然界每年接过相同的试卷，不知道标准答案也会写出标准答案。让季节成为季节，这是风最好的习惯。

　　起风了。爸爸最清楚起风的日子应该交配。少年时代骨肉生长的热情无法克制，随时都想冲进水里，那时爸爸最迫切的渴望就是拥抱女人。十七岁，爸爸如痴如狂地思念从未抱过的别人的肌肤。爸爸差不多已经到了男子汉的年纪，然而他还没能成为男子汉。爸爸是渴望成为男子汉的男子汉，也是渴望成为夏天的夏天。那是七月，爸爸被绿色包围了。夏天的胃口、夏天的精力压抑着他。周围的草木都在竭尽全力地生长、伸展，很感官地相互缠绕。蝉也跟着拼命歌唱。从小在乡下长大的爸爸知道那都是雄性。为了寻找交尾的对象，它们在进行求爱战争。为了宣示自己的存在，它们全力以赴地高唱。在夜夜轻叹的爸爸听来，那都是哀怨的诉说，"跟我做吧！""跟我做吧！"爸爸的身体总是滚烫。如果把滚烫的身体浸泡在水里，盛夏的河水也会发出"滋滋"的声音。蝉的鸣响波澜壮阔，不仅塞满了夏天，也让夏天变得格外紧张。跟我做吧，跟我做吧。我行的，我行的。嘹亮，更嘹亮。那样的鸣响之中，曾经遥望远方的爸爸不由得热泪盈眶，喃喃自语：

"这不是别人的事……"

起风了。妈妈最清楚起风的日子应该走出家门。少女时代对无边无际的世界充满好奇，无时无刻不在幻想，那时妈妈最迫切的愿望就是离开村庄。十七岁，妈妈思念从未唱过的歌，几乎得了相思病。也是那天，妈妈坐在河边，撕碎了成绩单。她知道自己的长处不在于此，却不明白为什么要在毫不相干的地方白费力气。同样的时间，妈妈和爸爸中间只隔着一座山。尽管爸爸和妈妈都不知道这个事实，然而他们已经有了联系。因为爸爸为身体降温的溪水流进了妈妈泡脚的河沟。天空晴朗，微风安静。几十只蜻蜓在水面上飞来飞去。水中沸腾的光芒和游走于虚空的光芒遭遇，令人眼花缭乱。妈妈闷闷不乐地坐在层层叠叠的山脚。不久之前转学艺术高中遭到挫折之后，妈妈就是这样的表情了。妈妈是渴望成为自己的自己，也是干涉夏天的夏天。然而这件事没有人知道。即使知道了，肯定也会漠不关心，甚至心生忌讳。妈妈深深地叹息，眺望着远处的山峰。突然间，妈妈感觉山在膨胀，却不知道那是因为爸爸的叹息。她当然也听不见响彻山谷的少年的悲鸣，"爸爸！来生来世请让我生为禽兽！"周围的草木新鲜而茁壮。不过，它们不会引起妈妈的注意。妈妈不关心绿色。绿色令人厌倦。妈妈不知道自己的心情也是受了绿色的影响。不知从哪儿飞来一只蜻蜓，落在岩石上面。蜻蜓竖起尾巴，好像在降温。它轻盈地飞翔，执着地围绕着妈妈。妈妈无法抗拒父母的强迫，只能放弃梦想，这时她感觉蜻蜓的翅膀犹如某种暗号，"跟我走吧""跟我走吧"，又像在催促，"去了就知道""去了就知道"。妈妈从小听着哥哥们的自吹自擂长大，自然知道那是地球上最早飞向天空的生物。原本生活在水里的昆虫，有一天突然决定要飞，然后就飞起来了。那可是没有"飞翔"概念的时代，它怎么会冒出这样的想法呢，这让妈妈很惊讶。飞的力量来自哪里，又是怎么冲出来的呢，妈妈百思不得其解。如果有可能，妈妈希望自己也有那样的力量。蜻蜓不停地盘旋。跟我走吧，跟我走吧。去了就知道，去了就知道。这些话驱散了夏天，弄晕了夏天。薄薄的翅膀，薄薄的翅膀。妈妈看见几对蜻蜓坐在水草上，专心致志地交尾。它们采取圆圆的姿势，将对方的生殖器拉向自己的头顶。妈妈失魂落魄，久久地注视着两条尾巴形成糟糕的心形。然后，妈妈使劲摇了摇头，生气地自言自语：

"我不能跟这儿的男人……绝对不能……"

*

爸爸找到了幽深的溪谷。如果不是熟悉山势的人，怎么也不会找到这里。弯弯曲曲，犹如血管延展的水流继续分岔，分成几条水流，流到山腰，遇到足够喘息的平地，"哎呀"喊叫着跌坐在地，便有了这个小小的水潭。水流百转千回，然而那水总是新鲜。水流千遭又回来，那总是从前的水，而且古老得分辨不清它们的年纪。每当有风吹来，满脸都是皱纹，那是清澈而又衰老的水。

从很久以前，村庄里就流传着这样的传说，如果喝了山里的水，夜里就能做美梦。至于是否真实则不得而知，然而每次看到飘荡在水面的天空，爸爸就会陷入错觉，仿佛自己铺着山的梦，席地而卧。深夜，如果在黑暗中眨眼，外面会响起依稀的水声。那是村庄的梦被放流的声音，沿着毛细血管般的水路，梦不停地流走。通过梦中人狭窄而黑暗的耳孔，流进睡眠。爸爸就在这样的声音里成长，然后在某个瞬间，他也迈开脚步，直接进入睡梦，只是每次都忘记了自己做的是什么梦。

爸爸乌黑的阴毛犹如水草般在水面上摇曳。水底，几条淡水鱼茫然而惊讶地仰望着爸爸。少年赤裸裸的肉体在阳光下光滑闪亮。头顶，水坑似的天空深深凹陷，豁然洞开。周围是高大的树木，每当有风吹来，遥远而狭窄的天空就会稍稍改变模样。唰唰——起风了，树木们摇晃着辫子，撒下绿色。与此同时，爸爸的心也越来越凉。爸爸感到深深地迷惘。恰在这时，他想到了有生以来最为庞大的问题。

"我该怎么生活？"

爸爸很苦恼。他看不惯受困于杂乱思绪的自己，喃喃自语：

"时间太多了，时间……"

那时，爸爸的想法太多了。这跟妈妈的情况差不多，前进的道路堵住了，时间回流、积攒下来。爸爸不知道自己能干什么、喜欢什么。那个时候，知道这事的人也的确不多。当然，爸爸以跆拳道特长生的身份考进了道里有名的体育高中，却又因为在比赛中抗议不当判罚引起骚乱，甚至用连环腿对付裁判，最后被停课。爸爸谎称是放假，整天赖在家里。爷爷和奶奶都不知道详情。爸爸不想再回学校了。他讨厌前辈们家常便饭似的殴打和体罚，也拿不准自己是不是真的喜欢这条路。那年夏天是爸爸的缓刑期。秋去冬来之前，好像应该做出什么决定。重要的不是复不复学的问题，最让爸爸不安的却是他不知道自己想干什么。仿佛只要做出选择，那么一切都戛然而止了，爸爸就希望自己什么也不做。然而人生在世，最难的正是什么事也不做，这真让人郁闷。没有确定要做的事，却又不得不做些什么，于是很多时候爸爸就埋头手淫。有一天，爸爸做起了试验，想看看每人每天能做几次，结果晕厥在地，被人发现的时候手里还握着自己的生殖器。奶奶要叫救护车，爷爷劝阻奶奶，拿白铁罐盛来凉水，浇在他身上。爸爸终于苏醒了。这时，爸爸在迷迷糊糊的状态下醒悟了两个道理。"原来泼冷水对性欲很好啊！""啊！每天做五次就会死人！"每当感到前途渺茫没有出路的时候，每当气喘吁吁渴望女人肉体的时候，爸爸就会扑通跳进水里，原因正在于此。

"我该怎么生活？"

简单而又复杂的问题，而且也是迟早都要解决的问题。爸爸总是从简单的话语里感到恐惧。比如"我喜欢""我病了""我老了""我想做"等等，越是质感平平的话，爸爸越是害怕。反正是想做，既然想到了，要么就试试看？爸爸常常犹豫不决，他也讨厌这样的自己。从前只是身体饥渴的时候，现在只要碰上难题感到头疼，爸爸就想脱裤子。爸爸也不由得感叹：

"长大之后干什么呀……"

事实上，这个问题的答案我知道，爸爸"想当爸爸"。

天空晴朗，微风安静。除了这个少年，万物安然无恙。转眼间，想到未来便头疼欲裂的爸爸已经潜入水底了。先是仰泳，然后蜷缩身体，倒栽入水。惊讶的鱼儿纷纷躲避。爸爸神不知鬼不觉地消失之后，那些比他年长十倍的树木们就像路标似的俯视着空空的位置。这里面就有从前女人们许过愿的"祖宗树"。不久之后，爸爸也会对着这棵树祈祷，"呜呜，求求您不要让我当爸爸。"当时，爸爸不懂的事固然很多很多，不过他至少知道，像祈祷这样的事，必须冲着没长嘴的东西进行。再说了，这些比人年长几倍的树都是值得信赖的树。不知来自何方又要去往何处的云团在江面投下浅浅的影子，很快又飘走了。蝉在鸣叫，鸟在鸣叫，躲躲藏藏只露出脚印的山兽也在某个地方嘶吼。青春。夏天的美丽。明明美丽，却不知美丽之为美丽的少年，偏偏要把脑袋插进冷水的那个夏天，夏天。

*

妈妈去给外公跑腿。几天后，姑妈家要办喜事。妈妈要做的就是礼节性地问候姑妈，然后递上装钱的信封。每次家里办大事的时候，兄弟姐妹就轮流去做这件事。刚刚从家里出来，妈妈就打起了另外的主意。手里握着巨款的瞬间，她马上想到机会就在眼前了。

妈妈站在铺着泥土路的山坡入口。山在静静地摇荡，鼓起了风。山风激荡，执着而深沉，温柔而可疑。绿色之中包含着更多的绿色。浅绿、深绿、浓绿，蔓延至成千上万，却又如出一辙。夏天是色彩斑斓的美好季节。夏天是沟通的季节。家家户户敞开各种各样的门，妈妈也两次挽起校服裙子，随便找个地方伸腿就坐，原因正在于此。妈妈从小看着山长大，当然知道山的起伏，也知道山的大小会随着季节变化，有时候遥远，有时候切近。

妈妈走向山里的时候，想起了去年的事情。舅舅们升读高中之前，外公会把他们单独叫进小房间，好像要进行某种谈判或交易。舅舅们大部分都会选择自己想要的东西，对于结果也没什么不满。高中升学考试即将到来的时候，妈妈以为外公当然也会叫她。"爸爸，我想唱歌。"妈妈甚至提前准备好怎么回答了。课外活动时间，妈妈偶然进了声乐部，结果来自首尔的实习老师对妈妈的才华赞不绝口。一天过去了，两天过去了，外公还是没有叫妈妈。他好像故意躲避妈妈的视线，专挑偏僻的小路。有一天，妈妈伸开双手挡住了大门，不料外公宣言似的说道：

"我们家没有艺术！"

这是几个月前的事。当时还是冬天。妈妈还没有忘记。

那是妈妈渴望成为什么的时候。不过，她也不知道那究竟是什么。也许继续唱歌就会知道，也许她希望自己成为歌声本身，然而没有人能理解妈妈。妈妈躲在镇上的车站里，偷偷打量着拎着小提琴或画具上学的朋友们。妈妈的心情就像昆虫最早发现了原始蜻蜓投在大地上的美丽的网状影子，于是抬起头来，呆呆地仰望天空。她在心里不停地窃窃私语。现在还不晚，现在还不晚，赶快行动吧。你也要过自己的生活。手握巨款的妈妈，仿佛被人追赶似的心跳加速，那也是理所当然的事。

"我要去首尔租房子。我要打工上音乐辅导班。那么，爸爸也会假装无可奈何，让我转学到其他地方吧？"

妈妈停下脚步，然后转身，久久地注视着自己走过的路。她犹豫片刻，最后放弃去姑妈家，转身朝通往车站的小路走去。这是陌生的捷径，很久以前曾经走过，后来再没涉足。

*

祖宗树长在距离水坑不远的地方。主干又大又圆，数十根树枝擎起天空，仰视风的脚步。祖宗树有着庞大的树根，伸向大地的各个方向，超过树干的两三倍。也不知道它们怎么穿过了岩石，几条树根直接向水边伸出触手，吮吸泉水。如果侧耳倾听，还会听到树木体内血液循环的声音，那是古树因为衰老而懂得生之恍惚的元气。溪水到达的天际，那些飒飒摇曳的树叶也在诉说着这样的事实。我们在生。我们在死。不停不休，一天一天，生生死死。白天，树木唰唰地摇晃，看着水面映出满是皱纹的脸，知道自己也老了。

"知了知了。"蝉在大声鸣叫。它们好像知道，这个季节过后，自己就会死去。在爸爸看来，好像世界上所有的成虫都在繁殖，除了自己。螳螂、金龟子、天牛，甚至蜉蝣也在狂乱地飞行，只为在生命最后的日子里交尾。那是只有六天的生命的主题，然而已经活了十七年的自己却从未做过。爸爸依然浮在水坑里。这个瞬间，如果像古老童话里面那样有位仙女从天而降，那该多好啊。前不久，爸爸骑自行车的时候回头看美女，差点儿被车撞死。

"可是我们家太穷了，而且我现在还没有梦想……"

突然间，祖宗树闯进了爸爸的视野。爸爸用蛙泳慢慢地游了过去。倒也不是动心，而是出于无聊，爸爸想做个试验。爸爸赤身裸体地站在古树前，然后趴在地上给树磕头。爬起之后爸爸有些心虚，于是第二次趴下了。当他弯腰的时候，生殖器在黑乎乎的裤裆之间左摇右晃。鸟儿都看见了，唯独爸爸全然不知。爸爸哼哼唧唧地祈求祖宗树：

"请您赐我个女朋友吧，行吗？一个女朋友，啊？"

爸爸静静地等候有什么出现。然而任凭怎么等待，还是什么事也没发生。爸爸说着"不过如此"，爬回了水里。"灵气都用光了，所以没有人来……"爸爸自言自语地断言。然而没过多久，伴随着巨大的浪花，山谷里响起了扑通的声音。像个谎言，真的，天上竟然掉东西了。

*

山里本来就这么复杂吗？妈妈皱着眉头，拨开灌木丛。妈妈不是路盲，不过走着走着这条路又像那条路，走着走着那条路又像这条路了。好像有人施展魔法，不停地挪动大山。妈妈不由得责怪自己，不该盲目地闯进陌生之地。尽管如此，她的心里还是怀着期待，也许走出这儿就是新生活了。看看太阳高挂中天，好像已经超过三个小时了。饥饿、疲惫和烦闷同时袭来。某个瞬间，妈妈实在忍不住尿意了，于是走进悄无人迹的僻静之处，卷起裙子，蹲了下去。突然，妈妈发现有个东西正在看着自己，而且恰好与之对视。一条令人毛骨悚然的美丽水蛇不知从哪儿冒出来，怔怔地盯着妈妈。妈妈虽然外号叫"十八公主"，关键时刻还是差点儿冻僵了心脏。妈妈开始缓缓后退，确保退到安全距离之后，这才猛然跃起，疯狂逃跑。水蛇好像在后面紧追不舍，妈妈只好不停地跑啊跑啊。突然，妈妈被腐烂的树根绊倒了，树根上的马蜂窝左摇右晃，兴奋的马蜂们倾巢而出。妈妈只好继续逃跑。也许是跑得太猛了，妈妈直想呕吐。妈的，现在也不想什么离家出走了。

一只鞋跑丢了，面前是溪谷……正在这时，扑通，妈妈以敏捷而又优美的姿势跳进了水里。

妈妈落水的瞬间，溪谷里发出了惊天动地的巨响。随着巨大的浪花，鸟群扑棱棱飞上天空，正在孤独地享受仰泳的爸爸也惊讶地沉入水底，灌水之后噗噗狂吐。妈妈在水里拼命挣扎，终于抖擞精神站了起来。她就像落水的老鼠，睁开憔悴的眼睛，注视着爸爸。刹那间，爸爸想到溪水没有多深，于是调整呼吸，端详起了妈妈。两个人无言地站了三秒钟。爸爸想，"脸蛋真漂亮。"妈妈很警觉，"到底是怎么回事？"爸爸忽然想起自己什么也没穿，慌忙用双手捂住了下身。这样好像还不够，爸爸只好蜷缩身体，蹲伏在水里。刚刚向祖宗树祈祷的爸爸感觉如梦如幻，轮流打量着树和妈妈。他只把脑袋露出水面，艰难地开口问道：

"你是谁？"

*

风为各个地方镀上颜色，完成了季节变化。最早染上颜色的是女人。最晚褪色的是男人。夏天是色彩斑斓的美好季节。夏天是光彩四射力大无比的季节。色彩原封不动地浸泡在河水里。不知从什么时候开始，爸爸经常看着山发呆。爸爸情不自禁地哼起了小学时候学过的简单的歌谣。

"您是谁？我是韩大洙。这个名字多美丽。您是谁？我是崔美罗。这个名字多美丽。"

那年夏天，爸爸唱起了歌。每天从早到晚地唱，而且经常发呆。这是漫无边际的回旋歌，只要开唱就停不下来，除非唱歌的人自己想停。您是谁啊，您是谁。多美丽啊，多美丽。小腹颤颤，放开喉咙……同时不停地问心里的对象，你是谁，你是谁。因为只有这样，才能说出自己的名字。你的名字的回声，还以为是我的名字，还以为你住在我的名字里。

*

感冒和发烧的日子过去了。几场大雨和辗转反侧、显示日较差①的美丽坐标图的曲线、尘土的运动、昼与夜、光的大理石花纹，这些也都过去了。这期间，肝肠欲断的人不只是爸爸。每当季节变

---

① 也称日振幅，指的是一天之内，气温、气压、湿度等气象要素观测记录的最大值与最小值之差。

换的时候，人都会多多少少地生病。这是为了学习免疫，也是为了增长年纪。因为成长和经历季节变迁是同样的意思。也有真正融入季节的意思。秋天还没来，草木依然茁壮，然而爸爸已经肝肠寸断了。偶尔发烧的爸爸与疾病战斗，神思恍惚，那也不算什么怪事。恰好又遭到妈妈连番的拒绝和冷漠，爸爸怎能不心急如焚。那时候，爸爸经常在梦中和妈妈相会，奇怪而漫无边际地交谈。一个人赤裸裸地漂在水坑里，另一个人从空中俯视对方。俯视者的脸太大了，足以填满水坑上面的天空。一个人就像另一个人的神。爸爸放松四肢，遥望远方。妈妈朝着爸爸伸出巨大的脸，问道：

"你为什么管你自己叫爸爸？"

妈妈的声音很响亮，传到了山后。祖宗树为首的凹陷空间仿佛变成了扩音器。过了一会儿，爸爸平静地回答：

"因为我是我的爸爸……"

爸爸的声音画出重重叠叠的圆圈，蔓延到树林深处。"我是我的——""爸爸，爸爸……"同心圆的最后，圆圈的外围，鸟群扑棱棱飞上了天空。那声音变成回声，重新回到出发的地方。听起来像山在说话，而不是爸爸。没多久，两个人的位置发生了变化。这次是妈妈漂在水面，爸爸低头俯视着妈妈。爸爸从遥远的天空探出巨大的脸，问道：

"你为什么管你自己叫妈妈？"

妈妈以文静得近乎喜悦、陶醉得近乎悲伤的声音回答：

"因为我是我的妈妈……"

换句话说，那是病痛的日子，也是换季的日子。

　　两个人初次相遇的日子，妈妈和爸爸并肩坐在岩石上晾干身体。他们已经尴尬地通报了姓名。妈妈的纸币也在小石头上一张一张地摆开，晒太阳。后来，爸爸背着丢了鞋子的妈妈直到村口。事实上，那天他们没说多少话。妈妈的体温传到爸爸的后背，爸爸的呼吸传到妈妈的胸口，奇妙地让他们心旌摇荡。那天，走下长长的山路，妈妈决定继续保留离家出走的权利。等到了解韩大洙是什么人之后再走也不迟，这是妈妈的判断。当然，这样的感情绝对不能泄露给爸爸。

*

　　那年夏天，两个人聊了很多。这是自然而然的顺序，而且除此以外也没什么事做。当然在这之前，必然要有大量的心理战和拔河赛，不过他们没有浪费太多时间便敞开了心扉。"我们只是朋友。"这条明确的界线刺痛了爸爸，让爸爸很难过。也是这个时候，妈妈希望自己能成为比现在更好的人。

"更好的人？"

"嗯，更好的人。"

"唱歌？"

"嗯，唱歌。"

"这行吗？"

"也许吧。"

那是有人向自己吐露真心，就会觉得自己受到重视的时节。也是秘密和谎言、诱惑和驴唇不对马嘴、趣闻和笑话绵绵不绝的时期。那是微笑、共鸣和倾听的日子。当然了，恋人们的谈话飨宴上并非只有秘密的交谈。为了保护两个人的暗号，还需要大量的无关话题和伪装。无聊的故事也好，空泛的素材也无所谓。重要的是他们可以用这些对话来筑造什么。爸爸的话题不多，主要来自漫画房。

"原来猴子不会游泳啊。"

"真的吗？"

"嗯。"

"可人类不是会游吗？"

"嗯，原因还不明确。"

爸爸得意扬扬地回答。妈妈问"真的吗？"的时候，单词的尾音听起来很轻快，爸爸感觉那种轻快而温柔的语调很好听。

"可是我会游泳。原因还不清楚。"

爸爸兴致勃勃在妈妈面前炫耀，轮番改变造型，展示各种泳姿。看！这是自由泳！这是仰泳！快看，蝶泳！最后是蛙泳！那天爸爸太轻浮了，假装自己什么都懂。

"啊哈，太好笑了！"

"什么？"

"你在做的啊。"

"蛙泳？"

"嗯，真像青蛙。根本就不帅，你不要再到处显摆了。"

这时，爸爸情不自禁地说出了重要的暗示语，那也许是他未来生活的关键。

"喂，你别看它好笑，这可是在水里支撑最久的办法呢。"

爸爸在妈妈面前炫耀乱七八糟的知识，也是出于体高生的情结。爸爸牢牢记住那些无论走到哪儿都能"显得有点儿东西"的信息，遇到适当的机会便派上用场。爸爸这样也是出于男人给女人解释世界秩序的自豪感。当然了，他的引用常常不太恰当。有时候文脉不通，有时候牵强附会，矫揉造作。妈妈神情天真地倾听爸爸说话。每当这时，爸爸注视着妈妈的脸颊，心想：

"天啊！看看这瞳孔……"

那是不知挑逗为何物的挑逗，或者说是略知挑逗的挑逗，分明存在于妈妈豁然洞开的瞳孔里面。或许这里面有故意的成分。爸爸继续用八卦科学杂志上读来的话题赚取妈妈的欢心。

"一棵树一天制造出供两人呼吸的氧气。"

然后，爸爸假装仰望天空，同时注意保持好眼神的忧郁和抒情。刚刚走出水坑，爸爸的身体还湿漉漉的。爸爸的汗毛因为寒气而轻轻竖起，还挂着细小的水珠。

"真的？"

"嗯，真的。"

爸爸得意扬扬地补充说：

"我们还要依赖别人的气息生存，是不是很神奇？"

妈妈有些郁闷地说：

"树木不是也吸我们的气吗？"

祖宗树的枝条轻轻摇晃，肯定了妈妈的说法。"对啊……！"爸爸挠起了头皮。这点没有提前想到。过了片刻，爸爸真诚地呼唤妈妈。

"美罗……"

"嗯？"

爸爸再次呼唤妈妈的名字。

"崔美罗……"

"怎么了？"

爸爸说：

"唱首歌吧。"

"什么？"

"你说你学过声乐，试一试嘛。"

妈妈立刻红了脸。

"讨厌。"

"为什么？"

"不行。"

"唉，真是的，试一试嘛。"

"真的唱不好，我又没正式学过。"

"没关系。我又不想听好听的歌，我就想听你唱的歌。"

"不会。"

"就一次，嗯？"

"……"

　　两个人你来我往。爸爸的劝说和谄媚、妈妈的推辞和转移话题，两个人在拔河。妈妈冥顽不灵，爸爸故意背过身去，假装不高兴。这样的撒娇耍赖他绝对不会用在男人面前。假如被发现，立刻会有十五六个体高生蜂拥而至，齐刷刷地对爸爸动用连环腿。过了一会儿，妈妈假装拗不过爸爸，开口说道：

　　"想听吗？"

　　"嗯。"

　　"真的？"

　　"啊，我都说了。"

　　妈妈犹豫不决，坦白地说：

　　"可是我，知道的也不多。"

　　"不多？"

　　"哦。"

　　"那你想成为歌唱家只是一个梦了？"

　　妈妈狠狠地盯着爸爸。

　　"够了。不唱。"

　　爸爸连忙安慰妈妈说：

　　"不。唱吧，唱吧。必须唱。求求你了。嗯？快唱。"

……妈妈开始唱歌了。除了初中时候，迄今为止还没在任何人面前唱过这首歌。妈妈站起来了，稍微离开爸爸，站上高高的平整的岩石。妈妈在丹田部位合拢双手，脸上带着罕见的严肃。妈妈在心里数数，一、二、三……

"山的那边是南村，南村住着什么人，年年春风向南吹。

四月花儿开，金达莱飘香，五月麦子熟，麦香满天地。

最爱是南村，最爱南风起。"

良久之后，妈妈问爸爸：

"怎么样？"

良久之后，爸爸回答说：

"好听死了。"

过了一会儿，妈妈问爸爸：

"还有呢？"

过了一会儿，爸爸回答说：

"悲伤……"

两个人重新并肩坐在树底。奇怪的是，现在竟然无话可说了。平时总是喋喋不休，说起来没完没了。妈妈的歌声已经飘散。悠远而整洁的余韵依然留在山谷。世界如此静谧，树木也在轻轻摇曳。妈妈和爸爸无声地忍受着神秘而富有暗示意义的沉默。应该摇晃的摇晃吧，应该舒展的舒展吧，一切听凭自然。寂静之中——一棵每天制造两人份氧气的树，还有少年和少女。完美无缺的三角形。突然，两个人俯视地面的目光同时静止了。他们久久地注视着对方。妈妈没有挪开视线，突然冷冰冰地说道：

"我不能跟这儿的男人。"

蓬头散发的爸爸目瞪口呆地问：

"你说什么？"

妈妈只是反复地说：

"我不能跟这儿的男人，绝对不能……"

然后，两个人争先恐后，激烈地接吻了。

……

这是发生在神灵、古老的树木和稳重的祖宗树之下的事情。一片树叶犹如咳嗽般摇摇晃晃，安静地飘落在妈妈的手背。绿色的东西落在肌肤之上，更加鲜明。尽管妈妈和爸爸都不知道这个事实，然而那绿色真的很美丽。

正在这个时候，不知从哪儿，

吹来了风。

吹向树木——吹向妈妈——吹向爸爸——

风在他们身旁久久地盘旋，依依不舍地消失了。仿佛它也知道遥远的未来，自己还会回来。唰——大风吹起，水面荡起波纹。仿佛是谁的脸，长满无数的皱纹，露出凄凉的笑容。忽然，亲吻正酣的妈妈抬起头来，遥望远方。

"怎么了？"

爸爸担忧地问道。妈妈摇了摇头，仿佛要吐露莫可名状的不祥，温柔地说道：

"什么也没有。"

说完，妈妈又跟爸爸叠起了嘴唇。风揣摩着他们不可能"什么也没有"的故事，预感到夏天的未来，于是飘过之后重新回来，轻轻地抚摸着两个人的头发。两个人陶醉于对方的气息，什么也不知道……风想，怎样都无所谓。为了让季节成为季节，风准备去往另外的地方。天空高远，光溜溜的蝉的瞳孔上面，云团无时无刻不在改变形状，渐渐飘走了。山在梦里，蝉在拼命高唱。那时候，我们渴望这样做。那时候，我们需要这样做。那时候，我们不能不这样做。那时候，我们这样做了。那时候，我们又做了一次。那时候，我们继续这样做。那时候，我们非常非常地——

"喜欢。"

这时，夏天真的要开始了。

作家的话

献给默默等待的你和我

心灵仰望天空。

因为我的身体紧贴大地。

风吹来

我的心在飞

希望能飞到你身边。

这首歌

能否变成种子，变成口哨，

变成陌生的脸

我不得而知，

但愿它能像你很久以前

渴望呼唤的名字。

这本书献给 inBOIL。

我跟他学会了

如何向被抛弃的名字吹送热气。

金爱烂

2011 年 6 月

두근두근 내 인생